青少年修身养性故事书系：

直面天灾人祸

ZHIMIAN TIANZAI RENHUO

——健康成长、珍惜生命的故事

王定功 主编

时代出版传媒股份有限公司
安徽文艺出版社

图书在版编目(CIP)数据

直面天灾人祸——健康成长、珍惜生命的故事 / 王定功主编. —合肥 : 安徽文艺出版社, 2014.4

(青少年修身养性故事书系)

ISBN 978-7-5396-4874-3

Ⅰ. ①直… Ⅱ. ①王… Ⅲ. ①故事—作品集—世界 Ⅳ. ①I14

中国版本图书馆 CIP 数据核字(2014)第 044390 号

出　版　人:朱寒冬

责任编辑:王婧婧　　装帧设计:张晓娟　闻　艺

出版发行:时代出版传媒股份有限公司　www.press-mart.com

安徽文艺出版社　www.awpub.com

地　　址:合肥市翡翠路 1118 号　邮政编码:230071

印　　制:合肥瑞丰印务有限公司

开本:710×1010　1/16　印张:16　　字数:360 千字

版次:2014 年 4 月第 1 版　2023 年 1 月第 2 次印刷

定价:45.00 元

目录

揭开雷电之谜

本杰明·富兰克林是美国著名的科学家，一位18世纪电学史上的勇士,他曾不顾生命危险,做了一次轰动世界的实验:利用风筝,在电闪雷鸣的时候,把空中的雷电引到地面,揭开了雷电之谜。

在这以前,雷电一直是一大谜。有的人认为它是“上帝之火”,是天神发怒的象征。后来,有科学家猜测,雷电可能是某种毒气在空气中爆炸的结果。富兰克林不同意这些观点,他认为雷电不过是自然界的一种放电现象。

为了证实自己的看法,在1752年7月,他选择了一个闷热的、雷电交加的日子,带着事先精心制作的白色丝绸风筝,来到费城郊外。他准备亲自做一个吸引雷电的风筝实验。

富兰克林在风筝上安了一根尖细的铁棒，然后将风筝用麻绳系住,并在麻绳末端分成两支,分别系上一片铜钥匙和一段丝线。最后,他握住丝线,将风筝放上天。

不一会,电闪雷鸣,风雨交加,当他用手指去碰那铜钥匙时,一朵蓝色的火花立即朝他射来。他顿时感到一阵麻木,差点被弹倒。

“啊!这就是电!和实验室里的电火花一样!”富兰克林在雨中兴奋地叫了起来。

后来,富兰克林根据凡是高耸的目标都容易招引雷电的现象,发明了避雷针。

避雷针很快得到了推广,从美洲到欧洲,到世界各地。这么一根小小的避雷针不知拯救了多少人的生命,使多少高楼免受了雷电的袭击。

在逆境中成长

居里夫人是法国物理学家、化学家,因为发现了“镭”而闻名于世。

居里夫人小的时候就显现出了超人的才智。她的记忆力特别强。每当哥哥姐姐念书,她就在旁边用心地听,三四岁的时候就能熟背许多诗篇了。父亲是一所中学的物理教师,房间里放着不少物理仪器和矿物标本,像玻璃管、石灰岩等,小玛丽经常溜进父亲的房间,着迷地看父亲摆弄这些小东西,还不时用小手指去碰碰玻璃管。一次,她认真地拿起一个烧杯问父亲:“这个东西叫什么名字?”父亲告诉她说:“这是烧杯,是做实验用的。”可是,她一不小心把烧杯掉到了地上,烧杯碎了。但父亲并没有责怪她,反而给她讲了许多有趣的科学故事。从此,这些故事就深深地印在了她的脑海里。正是在父亲的诱导下,她从小就对科学有了浓厚的兴趣。

6岁的时候,小居里夫人上学了。她学习勤奋、刻苦,成绩在班级里名列前茅,同学们都很嫉妒她。有一次,同学们想拿她开玩笑,就把几把椅子高高地叠在她的周围,小居里夫人正在专心致志地看书,她一点也没觉察。等她看完书,刚抬起头来就碰到了椅子,椅子“哗啦”一声倒了一地。同学们都哈哈大笑,但她只是淡淡地看了他们一眼,就又埋头看书了。

苦中读书记

高尔基是前苏联最伟大的作家。他从10岁起就开始靠干各种杂活儿养活自己。有一次，高尔基在轮船上当洗碗工，看到厨师那么入迷地在看一本书，就问："大叔，那里面有什么让您这么着迷?"厨师抚摸着他的头说："孩子，一本好书就是一个大世界。你想要什么，书里就有什么。"从此，高尔基就把读书看作"最好的事情"，只要能找到书读，就是再苦再累他也不在乎。

有一次，他到一个财主家帮工。因为一点小过错，财主就把他打得遍体鳞伤。医生看着从他的后背上钳出的42根木刺，愤怒地让他去法庭控诉财主，高尔基听了点了点头，回去了。但到财主家，高尔基提出的唯一的要求，是要财主允许他借书看，财主正在担心惹上官司，听他这么一说，爽快地答应了。小高尔基捧着书，高兴极了。

高尔基读书都入迷了，这让财主婆很生气，就想方设法阻挠他。于是，等别人都去睡觉了，他就悄悄爬起来苦读。

因为财主婆不给他蜡，他就把蜡盘上的蜡油偷刮下来，装在罐头盒里，用棉线做灯芯，做成一盏灯，以至于昏暗的灯光和呛人的油烟毁坏了他的眼睛。

后来，正是凭着这种勤奋的精神，他成为了举世闻名的伟大作家。

爱迪生孵小鸡

爱迪生小时候非常好奇。有一天,小爱迪生发现一只母鸡正在草棚里搂着一堆鸡蛋,他就天天去看。后来,忽然有一天,他惊奇地发现鸡蛋裂开了,从里面钻出了一只只湿漉漉的小鸡!他急忙跑回家,把自己的发现告诉了妈妈。还问:

“妈妈,鸡蛋是怎么变成小鸡的呢?”

妈妈说:“那些鸡蛋在母鸡肚子底下待一段时间,小鸡就出来了。”

小爱迪生想了一会儿,恍然大悟地说:

“啊,我明白了。是母鸡的体温在作怪。”

“真是个聪明的孩子!”妈妈夸赞道。

过了两天,妈妈发现小爱迪生一起床就急急忙忙地往外面走,连午饭都不回来吃。晚上回来的时候,显得很疲惫,吃过晚饭就去睡觉了。有一天,天很晚了,小爱迪生还没回来,妈妈急坏了,到处找,结果在草棚里找到了他。小爱迪生正趴在一个小窝上,窝里面有几个鸡蛋。看见妈妈走进来,小爱迪生把一个手指竖到嘴边,小声地说:“嘘!别出声,小鸡马上就要出来了。”

妈妈一听,禁不住笑了:“傻孩子,要想孵出小鸡,你就一刻也不能离开这些鸡蛋,这样才能保持恒温。可你总得吃饭睡觉啊。”

小爱迪生听了,这才沮丧地爬了起来,乖乖地跟着妈妈回家了。

水的力量

帕斯卡是法国的物理学家，小时候的帕斯卡好奇心很重，不论遇到什么事情，都喜欢问个为什么。

有一次，帕斯卡在小花园里看园丁浇花。忽然，薄胶皮管一下子从水龙头上脱落了下来，水“哗哗”地流着。园丁费了很大的力气才把胶皮水管套在水龙头上，没想到安装得不牢，胶皮管一下子又被水冲掉了。小帕斯卡感到不可思议，心想：为什么水竟然有这么大的力量呢？而且，水的力量到底有多大呢？

后来，帕斯卡找来一个皮球，在皮球上扎了许多小孔，又在球上连接一个圆筒，圆筒中安了一个可以移动的活塞。他把圆筒和空心球里灌满了水，然后用力一压活塞，水就从那些小孔里很均匀地喷射出来。接着，小帕斯卡惊喜地发现：如果使劲按活塞，水从各小孔喷射出的距离就远；轻轻地按活塞，水喷的距离就近。这又是为什么呢？小帕斯卡年纪还太小，弄不明白，可他却把这个问题记在了心里。

长大以后，经过无数次的实验，帕斯卡终于揭开了这个秘密。

苹果为什么落地

牛顿是英国著名的物理学家，小时候的牛顿很“笨”，总是提出一些别人认为很“可笑”的问题。不但同学们都看不起他，就连老师也不喜欢他。

7 岁的时候，牛顿和小伙伴在秋天的果园里做游戏。忽然，一个熟透的苹果落在了地上，这引起了小牛顿的注意。他停止了游戏，抬头看了看苹果树，又弯下腰捡起苹果，好奇地看着脚下的土地，自言自语道：“苹果为什么会落到地上呢？”

回到家，牛顿把自己的疑问告诉了妈妈。妈妈说：“空中的东西都要落到地面上，像抛出去的石头要落下来一样，这是自然规律。”

小牛顿对妈妈的回答不满意。第二天上学的时候，他又向老师请教。老师说：“苹果当然要落到地上，难道还会飞上天?！”同学们都哄笑起来。小牛顿认真地说：“是啊，我就是不明白，苹果为什么不能掉到天上去。”老师不耐烦了，就说：“要是你对这个问题感兴趣，那就去问上帝吧！”

牛顿受到了羞辱，但他并不生气，把这个问题记在了脑子里。后来，他发现苹果落在地上的原因，是苹果和地球相互吸引的结果，并根据自己的研究，提出了著名的“万有引力定理”。

安培善动脑筋

安培出生在法国,20多岁就成为了物理学教授,是世界著名的科学家。

安培从小就智力超常,被人称为神童。他的数学计算能力和记忆力更突出。

安培的父母开了一家小商店。有一天,父母总结一个月来的收支情况,小安培在一边安静地听着。爸爸拿着账簿开始一项一项地念,妈妈则在纸上计算。小安培听着听着,就不让爸爸念下去了。他说:“还是让我来说给妈妈听吧。”爸爸就把账簿交给了他。没想到小安培根本就不看账簿,一口气就把所有的收入都讲了出来,爸爸惊讶地瞪大了眼睛,而妈妈都跟不上他的速度了!原来,小安培前几天随便翻过这本账簿,不知不觉就把那些数字全记下来了。

过了不久,小安培的数学计算天才也显现了出来。他根本不用在纸上运算,只要父亲说出几个数字,无论是加减乘除,他都能马上说出答案,而且绝不会有错误。13岁的时候,他已经掌握了圆锥曲线原理,而那是大学的课程。

看小安培有数学方面的天才,父亲就给他买了很多书。后来,小安培十几岁的时候已经掌握了数学、物理知识和好几种语言,还自学了《百科全书》,成为了一个博学家。

马路上的实验

苏格兰人贝尔是电话的发明者。说起贝尔发明电话的故事,还和他童年时期的一次经历有关呢。

很小的时候,贝尔就对机械产生了浓厚的兴趣,经常喜欢自己搞一些小发明。有一次,贝尔和同学们一起玩游戏。他用硬纸板做了一个听筒,然后让同学把听筒的一头放在耳朵上,自己对着另一头说:"喂,喂,你们听见了吗?我是科学家贝尔!我是科学家贝尔!"

同学们觉得这个游戏很好玩,但嫌教室太小了。贝尔想了想,就跑到水房拿来了一根长长的胶皮水管,连到听筒上。小伙伴们就跑到学校外面,隔着街道玩起了通话游戏,开心极了。

小伙伴正玩到兴头上,一辆漂亮的马车驶过来。经过贝尔身边的时候,马腿忽然被胶皮水管绊了一下,于是马车一下子就撞到路灯柱上!这时,从车上跳下一位绅士来,他生气地对贝尔说:"小家伙,你在干什么?"

贝尔抱歉地说:"对不起,先生,我们在试验远距离通话呢。"

绅士听了,惊奇地说:"了不起的孩子,你还想做什么?"

"你看,我们现在能听见对方说话,可是却看不见对方的脸了。我将来一定要解决这个问题。"小贝尔坚定地说。

后来,贝尔成功地发明了电话机,还为电视的发明做出了贡献。

课堂里的爆炸

德国化学家李比希小的时候，父亲自己开了一家小药房。看着父亲在药房里调制出各种药物、颜料，就像变魔术一样，小李比希感到很羡慕。

小李比希上学了。放学后，他经常到药店帮忙。有一天，有人来买炸药，父亲就配制了炸药，又制造了雷管。这一切都让小李比希看在眼里。他灵机一动，突然想到了同学们经常在放学后去池塘里摸鱼，可每次都失败而归。要是做几个“小炸弹”卖给同学们，那不就可以“炸鱼”了吗?而自己也有零花钱了……想着想着，小李比希竟乐了起来。

于是，小李比希就瞒着父亲动手研制起“小炸弹”来。经过几次实验，“小炸弹”终于试制成功了。他把小炸弹带到学校，同学们围着他一抢而光。

有一天，小李比希又偷偷把小炸弹带进学校，准备卖给同学们。谁知在上课的时候，那些小炸弹竟莫名其妙地爆炸了。巨大的响声惊动了整个学校，老师和同学们都吓得躲到了桌子下面。学校查明真相，就把小李比希开除了。

父亲没有责怪小李比希，反而鼓励他继续学习，还带着他一起做试验。后来，李比希 21 岁时就被一所著名的大学聘任为化学教授，成了著名化学家。

卖风筝的两兄弟

19世纪80年代，在美国俄亥俄州一个小城里有两个男孩，一个名叫奥维尔，另一个叫威尔伯，他们就是后来的飞机发明家“莱特兄弟”。

他们的父亲是当地有名的机械修理工，也许是受了父亲的影响，莱特兄弟从小就对机械产生了浓厚的兴趣。不过，他们更喜欢自己鼓捣一些小发明。有一天，兄弟俩躺在草地上，看着天上展翅飞翔的老鹰，哥哥说：“要是我们也能在天上飞，那该多好啊！”弟弟马上跳了起来：“那就让我们一起去放风筝吧。”

从此以后，莱特兄弟每天都去郊外放风筝，引得小伙伴们也都喜欢上了这项活动。但是，风筝经常在空中被风吹破了，这让小伙伴们都很沮丧。莱特兄弟就常常琢磨，怎样才能使风筝更结实，飞得更高呢？他们找来了最好的纸张、竹片，开始研究起来。

经过好几次的失败，莱特兄弟的新风筝终于成功了，不但很结实，而且飞得高，总是在比赛的时候得冠军。小伙伴们就缠着他们，纷纷要求把风筝卖给他们。于是，两兄弟就又做了好多风筝出售，挣了不少的零花钱。后来，莱特兄弟刻苦钻研飞机制造技术，终于把童年的梦想变成了现实。

屈原的读书洞

屈原是我国古代著名的诗人。他从小就聪明好学,从来也不贪玩。只是周围的邻居经常吵闹,小屈原很为这噪音苦恼。

有段时间,屈原总是很晚才回家。姐姐觉得奇怪:“难道弟弟放学后去玩了?”她决定要弄清楚原因。

一天,放学的时间到了,姐姐就悄悄地藏在一棵大树的后面,想看看小屈原到底去哪里。不一会儿,屈原出了校门,然后就朝后山坡走去,一直走到一个小山洞口,头也不回就走进去了。姐姐见屈原走进了山洞,以为他去解手了,就在洞口旁静静地等着。

等了半天,屈原还没出来。姐姐着急了,难道弟弟出什么事了?就小心翼翼地走进了山洞。她看见洞顶上有一个脸盆大的圆孔,光线透过圆空直射下来,照在小屈原的身上,他正拿着竹简低声地吟诵着。

小屈原看见姐姐进来了,就笑着说:“姐姐,这里的环境多好啊,正适合我读书。”姐姐见小屈原这么用功,就心疼地说:“天色晚了,回去吧!”于是姐弟俩手挽手走出了山洞。

后来,人们为了纪念屈原,就把这个山洞叫作“读书洞”。

凿壁偷光读书

匡衡小时候，非常渴望成为有学问的人，但家里很穷，没钱让他上学，他就常常向别人借书读。天黑了以后，因为家里点不起油灯，匡衡就无法看书了，他为此十分苦恼。

有一天夜里，匡衡正躺在床上想心事。忽然发现地上有一丝光亮。小匡衡起身一看，原来是墙裂了一条缝，邻居家的灯光从这条缝里透了过来。匡衡十分高兴，就想借着那道光线读书，可惜光线太弱了，根本看不清楚书上的字迹。于是，匡衡悄悄地用小刀把那条裂缝挖大了一点，这样透过来的光线就变粗了，书上的字迹就显得很清楚了。从此，匡衡每天等天一黑，就靠近墙壁上的小洞读书。后来，邻居把裂缝堵上了，小匡衡又没办法在晚上读书了。

一天，正当匡衡苦恼的时候，屋子里飞进来了一只小萤火虫，在匡衡的面前转来转去。匡衡突然觉得眼睛一亮，他赶紧起床，跑到院子里，捉了好多小萤火虫，然后把它们放在一个小纱布包里。啊，萤火虫发出的光足够用来看书了！

小匡衡高兴地跳了起来。

灯光的问题解决了，小匡衡就四处去找书读，许多好心人也都愿意把书借给他。正是靠着勤奋学习的精神，匡衡长大后，成了一个很有学问的人。

爱提问的张衡

我国东汉时期有个科学家叫张衡,他发明了世界上最早的浑天仪和地动仪。

张衡小时候勤奋好学,尤其对小发明感兴趣。一天,他到铁匠铺去送一封信,见铁匠在打造铁器,不禁看得入了迷。他问铁匠:“您能告诉我铁是从哪里来的吗?”铁匠看了看他,说:“这可不是一句两句就说得清的,你到河边去看看就明白了。”

张衡听了铁匠的话,就跑到河边,见岸边有一座炼铁炉冒着浓烟,石匠正把一筐筐的石头往炉门里送。张衡奇怪地问:“你们烧石头干吗呢?”

“这可不是一般的石头,这是铁矿石。”石匠大声地告诉他。

张衡知道了铁的来历,很高兴,就围着炼铁炉转了一圈。忽然,他又有了疑问。他发现每个炉子边都有几只风箱在往里鼓风,但没有一个人在拉风箱。

张衡又问:“没有人拉这些风箱,它为什么能鼓风呢?”石匠正忙着手里的工作,没空儿回答他,就指了指河面。

张衡顺着石匠的手指一看,原来河上筑了一条大坝,河水从高处跌落下来,带动了一个大水轮,有一根铁链子连着水轮和风箱,随着水轮的滚动,铁链子就一松一紧地拉动着风箱。

张衡看了这个装置,心里很佩服。从此,他对发明的兴趣更浓了。

王羲之苦练书法

东晋时期的著名书法家王羲之，被人们誉为“书圣”。

王羲之从4岁开始练字，他的父亲很注重对他的启蒙教育，经常带着他去当时著名的书法家卫夫人那儿做客，后来，卫夫人见他聪明伶俐，就把他收为自己的弟子。12岁那年，他偷偷拿了父亲的一本叫做《笔谈》的书，如饥似渴地读了起来。父亲发现后，就说：“你年纪太小，还看不懂，等你大了再读吧。”没想到王羲之大声地说：“我读得懂!”还把自己对书的理解讲给父亲听。父亲听了，觉得很惊异，就把书送给了他。

王羲之得到了《笔谈》，如虎添翼，写字的水平迅速提高了。有一天，卫夫人感叹地说：“他一定是得到了写字的秘诀，我已经教不了他了。”从此，王羲之就自己练字了。

王羲之练字达到了痴迷的程度，他把所有的精力都用在练字上。他家门口有一个水池，王羲之天天都在水池里洗毛笔，日久天长，水池的水都变黑了。

就这样，王羲之终于练出了一手好字。他写的《兰亭序》被称作是“天下第一行书”，只是已经失传，据说是唐太宗因为太喜欢它了，就把它带到了自己的坟墓里，成了千古之谜。

聪明的曹冲

曹操的小儿子曹冲从小就异常聪明，人称神童。曹冲6岁的那年，东吴的孙权给曹操送来一头大象。曹操围着大象看了一会儿，转身对部将们说："这头大象好威风啊，你们谁能称出它的重量？"

部将们看着大象，觉得足有几千斤重，到哪里去找称得起这么重东西的秤呢？于是，一个粗鲁的将领提议把大象杀了，再割成几块，这样就能称出它的重量了，曹操生气地说："除了这个笨法子，你们就没主意了吗？"在场的人大眼瞪小眼，都摇了摇头。

这时，小曹冲从曹操背后站了出来，奶声奶气地说："我有个办法，不用宰杀大象，就能称出它的体重。"曹操看了看曹冲，说："好吧，你说说看。"

曹冲大声地说："您叫人把大象牵到船上，在船上齐水的地方刻下个记号之后，把它牵下船来，然后将石头一块块地搬到船上，等船沉到刻记号的地方，就再把这些石头搬下来，分别称出石头的重量，也就知道大象的体重了。"

"好办法。"曹操高兴地说。于是他就命人按曹冲说的办法去做，很快就称出了大象的重量。

那些部将们见了，连声说："想不到我们还不如一个五六岁的孩子聪明。"

徐光启掐嫩芽

徐光启是明代的科学家。他小时候善于观察,还喜欢动手实践。

有一年,徐光启发现了一件奇怪的事。他家的果园里有几棵苹果树,其中有一棵去年被雷劈过,只剩下了一根枝条。徐光启每次到果园去的时候,都很担心这棵树能不能活下来。秋天来临了,徐光启惊奇地发现,那棵苹果树不但顽强地活了下来,而且唯一的一根树枝上结满了又红又大的苹果,比别的苹果树结的苹果又多又好!这是为什么呢?他想啊想,终于得出了答案。

第二年的春天,父亲在地里种下了棉花。棉花很快发芽了。

有一天,父亲来到地里,突然发现徐光启正蹲在棉花苗旁边鼓捣着什么。走近一看,原来他把棉花苗上面的嫩芽都掐了下来!父亲生气地说:“自己家的棉花苗都不知道珍惜,看你冬天时穿什么!”徐光启抬起头来,说:“棉花芽太多了,每个小芽吸收的养分都不够,所以长得就小,产量也少。我把多余的掐去,剩下的小芽就能长得更好”。父亲不相信,就不让他再干下去了。

秋天到了,被徐光启掐过的棉花果然长得又大又好,产量也明显的高,父亲这才相信了他的话。

后来,徐光启成了著名的农学家,还写出了我国第一部农业专著《齐民要术》。

“小神童”拜师

柳公权是唐代的大书法家，小时候就被人称为“小神童”。听大家都这样称呼自己，柳公权自己也得意起来。

一天，柳公权和小伙伴们在村子边的大树下写字。他很快写好了，扬扬自得地说：“看看，我的字写得又快又好。”小伙伴们也都很佩服他。这时，一个卖豆腐的老汉挑着豆腐担子走了过来，对他说：“算了吧，我看你这几个字写得就像我的豆腐一样，软塌塌的，你怎么还有脸吹牛呢!”柳公权心里很不高兴，老汉接着说：“不服气吗?我用脚写的字都比你的好!不信你明天到邻村去找我。”

第二天一大早，柳公权就到了邻村，果然在村口的一棵老槐树下，又发现了那个卖豆腐的老人，老人用左脚按着纸，用右脚的脚趾夹着一支毛笔正在写字。柳公权一看老人写的字龙飞凤舞，比起自己的不知要好上多少倍!他心里既惭愧又羡慕，就跪倒在地上要拜老头为师。老头推辞不过，便用右脚写下了四行诗句：“写尽八缸水，砚染涝池黑，博取百家长，始得龙凤飞。”柳公权明白这就是写字的诀窍。从此他发奋练字，再也不敢自满了。

诗童骆宾王

骆宾王是唐代著名的文学家，很小的时候就能作诗，被人称为“诗童”。

有一天，伯伯带着骆宾王等几个孩子去游玩，傍晚才回来。他们来到家门前的时候，想在门前的小河里洗洗手，兄弟几个就向小河跑去。

这时，太阳就要落山了，晚霞把大地映照得一片通红。河面上有几只大白鹅，它们雪白的羽毛也被晚霞染成了粉红色。伯伯看着这令人心醉的景色，忽然想考考孩子们，就让孩子们从眼前的景色里随便选一个景致，做一首诗。孩子们有的吟颂落日，有的赞美小河。但伯伯听了都不满意。

骆宾王呢，他正出神地看着大白鹅在水面上自由地游动。看，它们长长的脖子，红红的鹅掌轻轻拨动着清澈的水波，多美妙啊!这时，一只鹅伸长脖子，响亮地叫了起来，其他的鹅也都仰起脖子应和着。骆宾王的心中不禁怦然一动，随即就吟出了一首诗：

“鹅、鹅、鹅，
曲项向天歌，
白毛浮绿水，
红掌拨清波。”

伯伯听了，不禁鼓掌叫好。后来这首诗就为历代所传诵。

詹天佑少年有为

詹天佑是我国近代最有名的工程建筑专家,他成功地主持修建了我国自建的第一条铁路——京张铁路,在中国铁路史上写下了光辉的一页。

詹天佑小时候,不愿意学习“四书五经”那些老掉牙的东西,最感兴趣的是工程、机械等新知识,口袋里总揣着小钳子、小镊子等工具,一有工夫就拿出来摆弄,是个有名的“小机器迷”。

有一段时间,小天佑对家里的闹钟突然发生了兴趣。他想,是什么力量让这个铁东西“嘀嗒嘀嗒”走个不停?他决心把这个问题弄明白。有一天,爸爸妈妈都不在家,他就掏出工具,把闹钟拆开了。詹天佑摆弄着满桌子的零件,简直忘记了时间。忽然,门开了,爸爸走了进来。看见好好的闹钟变成了一堆废铁,爸爸很生气,就训斥詹天佑说:“看看你都干了什么!家里就这一个闹钟,以后还怎么用?”没想到詹天佑顽皮地做了个鬼脸,居然凭着他良好的记性,把零件重新组装了起来。闹钟又“嘀嗒嘀嗒”地走了起来,他也弄清了闹钟的原理。

后来,清政府筹办幼童留美学生预备班。11岁的詹天佑凭着优异的成绩被录取了。第二天,他远涉重洋到美国求学,成了我国近代第一批留学生。

李四光的疑问

李四光是我国最有名的地质学家。他年轻的时候，外国的地质学家说我国的地下没有石油，李四光不相信，他经过多年的钻研，认为我国一定有丰富的石油资源!后来在他的理论指导下，终于发现了大庆油田。

说起李四光刻苦钻研的精神，就得从他小时候凡事爱追根问底的习惯说起。

李四光小时候，他家附近的平地上有一块大石头，几乎有一座房子那么大。有一次，李四光正和小伙伴绕着石头捉迷藏，他突然停下了脚步，问小伙伴们:“咱们这儿，附近也没有山，平地里怎么会有这么大的一块石头呢?”

一个小伙伴说:“谁知道呢，这石头本来就在这里嘛!”

第二天，他又去问老师，老师说:“我也不知道，从我小的时候就有这块石头了。不过，听老人说，这块石头是从天上掉下来的。天上的流星落在地上，就变成石头，人们叫它‘陨石’。”

“那怎么才能证明这块大石头是陨石呢?”李四光追问道。

老师摇摇头说:“这我也说不清楚了。”

这个童年的疑问一直在李四光的脑子里盘旋着。30年后，李四光成了地质学家，他终于找到了答案，原来这块石头是几千万年前地壳变动时期留下来的!

瓦特与壶盖

英国发明家瓦特小的时候，经常能从别人不注意的事情上发现问题。瓦特最著名的成绩是发明和改进蒸汽机，这还得归功于他小时候的一次偶然发现呢。

有一次，炉子上铁壶的水开了。蒸汽不断地往外冒，把壶盖顶得不停地跳动，发出的响声很吵。奶奶就让瓦特去把铁壶拿开，瓦特答应着去了。

过了一会儿，壶盖的声音还在响。奶奶就生气地走过去一看，原来小瓦特正趴在炉子边，两眼直直地看着壶盖的缝隙。见奶奶过来了，小瓦特就问：

“奶奶，铁壶里有什么东西啊？”

奶奶说：“傻孩子，当然是水呀。”

“可是，壶盖怎么会跳动呢？”

奶奶说：“那是水蒸气的缘故。”

小瓦特接着问：“那么，水蒸气为什么能让壶盖跳动呢？”

“水开了，就产生了水蒸气。因为水蒸气不停地从水里冒出来，铁壶盛不下了，它们就把壶盖顶起来，自己跑出来，所以壶盖就跳动了。”奶奶回答道。

小瓦特很高兴地说：“哈，水蒸气有这么大的力气啊！铁壶越大，水蒸气的力量就越大，对吗？”“对。”奶奶有点不耐烦了。

这个问题一直盘旋在瓦特的脑袋里。长大以后，他经过无数次的实验，终于研制出世界上第一台高效率的蒸汽机。

少年哥伦布

意大利有位航海家，1451 年诞生于意大利热那亚的一个作坊主家庭。他的名字叫哥伦布。

少年哥伦布聪明好动，喜欢参加游戏、航海等活动。在青年时代，他勤奋好学，从书籍中获得了渊博的知识。特别是他在读了马可·波罗(1254—1324)的《东方见闻录》以后，被书中描绘的“黄金遍地，香料盈野”的东方文明古国——中国所吸引，产生了到东方世界远游的幻想，由于哥伦布信奉“地圆说”，认为中国位于大西洋彼岸，所以决定坐船经大西洋西航去亚洲。

1476 年，他移居葡萄牙，曾经向国王提出远航建议，遭到拒绝。

1485 年，他移居西班牙，多次建议王室资助“横渡西方的大洋去发现西潘哥岛(日本)”的远航计划。

1492 年斐迪南二世统一西班牙，哥伦布再次建议，得到王后伊萨贝丽批准，还赐封他为海军上将。

1492 年 8 月 3 日，经过周密准备，哥伦布奉西班牙国王和王后的命令，携带着致中国皇帝的国书，率队 90 人，分乘三艘帆船，从巴罗斯港起航，开始了横渡大西洋的壮举。

茫茫大海无边无际，狂风巨浪劈头盖脸。饥饿、疲劳、寒冷、疾病，还有葬身海底的危险，威胁着哥伦布一行，有人害怕、动摇了，哥伦布不得不用剑来迫使他们继续向前航行。经过 70 天的顽强搏斗，10 月 12 日午夜两点，他们终于抵达巴哈马群岛中的圣萨尔瓦多岛。后来又相继到达古巴、海地等岛。他们误认为海地就是日本,美洲大陆就是印度,还称当地居民是印第安人。1493 年 4 月 5 日,哥伦布率队返回西班牙巴罗斯港,以凯旋英雄的身份向国王和王后报告了他们到达“印度”和“日本”的经过。哥伦布直到第三次到达美洲的时候,才认识到“这是以前没有人知道的巨大的新大陆”。另外值得一提的是,哥伦布在横渡大西洋的时候,还发现了地磁偏角的存在。

据说在一次伊萨贝丽王后为哥伦布举行的宴会上,有人对哥伦布的创举不服气,讥笑说:“这没有什么了不起,大陆本来就在那里,正好被你碰上了。”为了进行反驳,哥伦布从盘子里拿起一个熟鸡蛋,郑重其事地问:“你能把它立起来吗?”不少人进行了毫无结果的努力以后,哥伦布胸有成竹拿起鸡蛋,把它的一头打碎,轻而易举地立了起来。有人又傲慢地说:“这也没有什么了不起,熟鸡蛋本来就可以立起来的。”哥伦布感叹地说:“是啊!许多事物本来都在那里,只是有人发现了它,有人偏偏就没有发现。差别就这么一点儿。”

1500 年 7 月,由于有人诬告,哥伦布被菲迪南国王指责是“骗子”,从南美大陆押回西班牙监禁。后来哥伦布虽然恢复了自由,但是已经一蹶不振了。他晚年心情抑郁,贫病交加,1506 年 5 月 20 日,在塞维利亚的一间破旧不堪的船员宿舍里默默地去世,享年 55 岁。

欧洲人为了表彰哥伦布的功绩,称誉他是“发现美洲的人”。

数学家苏步青

我国著名的数学家，中国科学院院士苏步青教授，是位献身于祖国科学事业的人，他的事迹在年轻朋友中广为传颂……

1916 年的秋天，温州中学的教室里，教古文的老师正在提问："同学们，在我国古代，有哪几部著名的史书？"老师的话音刚落，同学们便嚷开了："《史记》，司马迁编撰的。""《汉书》……""还有吗？"老师问。

"有。还有《资治通鉴》……""对。还有《资治通鉴》。"老师接口说："这是一部编年史，宋代的大学者司马迁奉皇帝之命主持编写的。它共有 294 卷，记载了上起战国、下至五代达 1302 年的历史事迹。谁要当学者，不可不读《资治通鉴》；谁想博古通今，也不可不读《资治通鉴》。"老师的话撞击着同学们的心坎。坐在最前排的一个身材矮小的学生，迎着老师投来的目光，微微地点了点头。这位学生正是苏步青。

苏步青家境贫寒，姐姐当童养媳，他放过牛，9 岁进城读书，靠父亲做苦力挣来的钱缴学费，读书真是来之不易！他常听人说，苦学方知快乐多。于是，他决心苦学。在进旧制中学时，他已经能把古典名著《左传》倒背如流。此刻，他为了像老师所说的当一个博古通今的学者，又决心阅读《资治通鉴》。

然而，几乎在这同时，苏步青的志向却发生了变化。温州中学新来一位毕业于东京物理学校的杨老师，回国时带回了东京物理学校办的杂志，这本杂志上有许多数学题,像一块块磁石吸引着苏步青,把他拉进了神秘的数学王国。接着又是宣传科学救国的洪校长上几何课,更是把苏步青带进了变幻如云的几何世界,促使苏步青与数学结了缘,开始在数学王国中寻找无穷的乐趣。

制服天花的人

在过去，有一种可怕的传染病天花。这种病人一得上，十有八九会死掉。假如有幸不死，脸上也会留下很多的麻子。

1769年的一天，英国科学家爱德华·琴纳大夫在医院接待了一位来看病的姑娘。诊断结果，姑娘得了天花。琴纳大夫心里很难过。他撒谎告诉姑娘得了感冒，给她开了些感冒的药，就让姑娘回家了。

琴纳很苦恼，他一直在研究如何制服天花，但毫无结果。一天，他来到一家奶牛场，碰巧看到了那位姑娘。他很吃惊，原以为姑娘早被天花夺去了生命，或是留下了满脸的疤痕，而眼前的姑娘却容光焕发。更令他不可思议的是，在整个奶牛场，竟没有一个人因患天花而造成不幸！他观察发现，当牛得了天花后，身上会长出一些小脓包——牛痘。当挤奶人跟牛在一起，无意间碰破了脓包，也会染上牛痘。而凡是染过牛痘的人，就不会再得天花了。

琴纳发现了牛痘的奥秘。他大胆地设想：在人体上接种"牛痘"，来预防天花！

1796年5月17日，琴纳大夫冒险在自己儿子身上，接种了牛痘。试验证明，儿子没有出过天花，已经对天花产生了免疫力。琴纳利用免疫法，制服了猖獗一时的天花病毒。

紫外线的发现

大家可知道，太阳不仅能给我们温暖，还能带给我们许多神奇的东西。

丹麦科学家芬森家里养了一只猫。一天，芬森到阳台乘凉，看见家里的猫也静静地躺在地板上晒太阳。他看着看着，觉得很奇怪：每当猫身上晒不到阳光的时候，猫自己就会挪动身体，移到有阳光的地方。芬森心想："这么热的天，猫为什么还要晒太阳？这里面一定有问题。"

芬森走下阳台，来到猫的身边，用手轻轻地抚摸着猫的身体。忽然，他发现猫的身上，有一处正在化脓的伤口。他想："猫是不是利用晒太阳在治疗它的伤口呢？难道阳光里还有什么我们没有发现的东西吗？"

芬森带着这种疑问，开始对阳光进行深入的分析研究和实验。终于，他在阳光中发现了一种我们肉眼看不见的光线——紫外线。它具有杀菌作用，可用于治疗疾病，效果很好。后来，紫外线被广泛应用到医疗事业上，成为医务人员不可缺少的好帮手。芬森也在1930年获得了诺贝尔医学奖。

爱实验的查理

1746年11月12日,查理出生在法国卢瓦雷的贝奥京西。他是法国的物理学家。

查理开始不是搞自然科学的，中学毕业后在法国政府财政部当小职员。后来,查理得知美国物理学家富兰克林在雷雨中冒着生命危险研究雷闪现象,他被这种勇敢探索自然界奥秘的精神所打动,对科学实验产生了浓厚的兴趣。于是,查理动手制作和大量收集各种物理仪器,热心从事物理实验研究。他多次举办各种物理讲座,当众出色地进行物理实验演示,在学术界赢得了相当高的声誉。1795年查理当选为法国科学院院士。

查理在物理学上的主要成就是发现气体的压强随着温度变化的规律，就是查理定律。

查理起初热衷于气球升空实验。1783年,他和弟弟罗伯特合作,在绸布外面涂上橡胶制成了世界上第一个氢气球，于8月27日实现了第一次无人驾驶升高实验。同年12月1日,在查理的指导下,罗伯特第一次乘坐氢气球升空。后来,罗伯特曾经用氢气球上升到3000米高空。当时,他们兄弟俩连续几次升空的大胆创举,轰动了整个法国,公众情绪极为高涨。查理因此出了名,据说法国皇帝路易十六曾经邀请他在著名的罗浮宫陈列他所收藏的物理仪器。

大约在1787年,查理着手研究气体的膨胀性质,发现在压力一定的时候,气体体积的改变和温度的改变成正比。他进一步发现,对于一定质量的气体,当体积不变的时候,温度每升高1℃,压强就增加它在0℃时候压强的1/273。查理还用它作根据,推算出气体在恒定压力下的膨胀率是个常数。这个预言后来由盖·吕萨克和道尔顿(1766—1844)的实验完全证实。

查理还发明和改进了许多物理仪器。比如,他发明了液体比重计和反射测向仪,改进了空速表,改进了冯·格兰维山德发明的定日镜等。

查理于1823年4月7日在巴黎逝世,终年77岁。

博学的亚里士多德

亚里士多德公元前384年诞生于爱琴海北岸的斯特基拉城。他是古希腊著名的科学家和哲学家。

亚里士多德是马其顿王室医师的儿子,从小特别爱好自然科学,也很喜欢钻研。父亲经常教给他一些解剖和医学的知识,他有时也帮助父亲做一些外科手术。亚里士多德18岁那年前往雅典,成为古希腊著名哲学家柏拉图(前427—前347年)的大弟子,从事学习和研究长达20年之久。他好学多问,才华横溢,成绩突出,柏拉图夸他是"学院之灵"。公元前343年,亚里士多德担任了年仅13岁的王子亚历山大的宫廷教师。公元前340年亚历山大摄政,亚里士多德回到家乡。公元前335年他重返雅典,创办了一所吕克昂学院,独树一个新的哲学学派。由于这个学派的老师和学生常常在花园里散步的时候讨论问题,当时人们就称它为逍遥学派。

亚里士多德是古代知识的集大成者,恩格斯称他是最博学的人。他的著作是古代的百科全书,据说有400到1000部,主要有《工具论》、《形而上学》、《物理学》、《伦理学》、《政治学》、《诗学》等。他的思想对人类产生了深远的影响。

亚里士多德很尊重老师柏拉图,但是决不盲从。他说:"我爱我师,但我更爱真理。"他善于用自己聪明的才智去思考、推理、探索和研究。在亚历山大王子的资助下,他运用科学的方法,对奇妙的生物世界进行了大量调查。

他带领助手周游各地，搜查标本，分门别类，并且尽可能了解同动物植物有关的各种知识。他是一位当之无愧的伟大生物学家。他一生最有价值的科学贡献，也正是在动物学和解剖学方面。他对500多种不同的动植物进行了分类，解剖过几十种动物，正确地指出了鲸鱼是胎生的，描述了反刍动物的胃、鸡胎的发育、头足纲动物的再生现象等。在物理学方面，亚里士多德最重要的贡献是创造了这门学科的名称，"物理"一词的现代拉丁文"Physica"，是他从希腊字"自然"一词推演而来的。此外，他对地球的大小做出了在当时条件下比较合理的估计。

由于亚里士多德只想用推理去解释物理现象，并没有从事这一领域的任何实验工作，所以他提出了许多错误的断言，阻碍了科学的发展。比如：他认为物体只有受到推力的时候才运动，推力一旦消失，运动就停止；他坚持说，重的物体比轻的物体下落得快；他主张地球中心说，认为地球是宇宙的中心等。

公元前323年夏天，亚历山大大帝从印度回师巴比伦的途中病故。从此，亚里士多德在政治上开始不得志。他决定离开雅典，离开吕克昂学院回到母亲的故地过隐居生活。公元前322年因病逝世，葬在卡尔基，终年62岁。

摆动的吊灯

伽利略是意大利著名的物理学家和天文学家,是一个勤于思考的人。

伽利略是个天主教徒,在他年轻的时候,有一天,他到比萨大教堂去做礼拜。高大的教堂里,虔诚的教徒们在听神父讲解圣经。忽然,一阵风从外面吹来,悬挂在教堂半空的铜吊灯,在伽利略的眼前晃来晃去。他盯了这吊灯很灯很久,慢慢发现了一个规律:不论吊灯摆动的幅度是大还是小,摆动的时间总是相等的。

又一阵风吹来,吊灯大幅度摆动起来。伽利略用右手指摸着左手腕上的脉搏开始数数:一、二、三……一共是二十下。当吊灯的摆动幅度变小时,他又重复了刚才的方法,结果每次摆动仍是二十下。他得出结论:吊灯的摆动时间与摆动幅度的大小无关。

伽利略回到家,心里还想着那吊灯。他又找来一根绳子,吊上重物,变换着方式,让它摆动。他发现:摆动一次所用的时间,跟所吊物体的重量没有关系,而和摆长有关系。

后来,荷兰科学家赫立斯饮·海更斯,根据伽利略的发现,制造出了走时准确的机械摆钟。直到现在,人们还在使用它。

蔡伦造纸

很久很久以前，文字是刻在甲骨上，或写在竹板、丝绢上，很不方便。在两千多年前的西汉时期，已经有人用植物纤维造纸了，可这种纸看起来十分粗糙。后来，人们又造出了以丝为原料的“丝絮纸”，但造价太昂贵。到了东汉时期，有个在朝中当宦官的人，名叫蔡伦，他决心寻找一种更好的造纸方法。

蔡伦经常到河边，观察妇女洗蚕丝和抽蚕丝的“漂絮”过程。他发现，好的蚕丝拿走后，剩下的破乱蚕丝，会在席上形成薄薄的一层，有人就把它晒干，用来糊窗户、包东西，也可以用来写字。他到造纸的作坊，向造丝絮纸的工匠们请教，逐渐了解和掌握了造纸的基本过程。

为了造出既经济又实用的纸，蔡伦一开始就采用树皮、麻皮、破布、废渔网等常见的材料，把它们捣碎，做成纸浆。他使用“漂絮”的方法，用席子捞纸浆，捞出的纸浆便在席子上形成薄薄的一层，晒干后就成了纸。

公元 105 年，蔡伦给皇帝献上了通过这种方法制造的新纸。从此，纸由贵重物品进入人们的日常生活，并被列为我国古代四大发明之一。

毕昇发明印刷术

北宋中期有个读书人名叫毕昇。在那时雕版印刷很盛行,就是在坚硬的木板或铜板上雕出凸起的反体文字,经刷墨、铺纸、加压后得到正写文字的方法。

毕昇家附近有个书坊。他经常看到书坊里,刻了字的木板堆得像小山似的。书印完后,这些木板就当柴火烧了。他觉得非常可惜,于是心中萌发了改进雕版印刷的念头。从此,毕昇经常到书坊向工人学习印刷技术,还找来许多资料,进行比较、探索。

有一天,毕昇正在刻一部书稿。他边刻边想:有很多字在文章中是经常出现的,可每次都要刻,太麻烦了,要是刻一次就能反复使用就好了。对!如果刻出来的字可以拆开,再自由组合,不就解决问题了吗?

想到这里,毕昇很兴奋。但字怎么才能拆开呢?拆开后又怎么才能合拢印刷呢?如果把字一个一个的分别刻在一块小木板上,也许能行。

于是,毕昇立即动手,把整块整块的木板弄成一块块半寸见方的小木块。然后,找出3000个常用的字,试着刻在小木板上。

他把每个单字都刻上好几个,有些常用的单字像"之"、"也"等,都刻了20多个,花了一个月的时间,终于把字刻完了。

怎样才能把需要的字很快地挑出来呢?为了解决拣字难的问题,毕昇考虑了很久。最后,他把这些字按音归成十几类,一个韵部一个类,同一类的放在一个盘子里，每一类都按部首笔画排出顺序。

第二天，毕昇拿着木活字走进书坊，谈笑着请大家帮助他试验一下木活字。

热情的雕刻工们按毕昇的要求，用松腊、蜡和纸灰敷在铁板上，填进木活字，再放在火上烤。待松脂熔化后，用木板一压，满满一框木活字就整齐地粘在一起了。

毕昇把墨均匀地涂在木活字上，再把纸铺上去，用刷子轻轻一刷。揭了下来，一张字迹清晰的印刷品呈现在大家面前。但连印几张后，字就变得模糊不清了。

这是怎么回事呢?原来木活字质地软，容易吸水变形，印刷时受墨多了就要膨胀。

“怎样才能找到一种既不吸水，又能雕刻成字的材料做活字呢?”毕昇为寻找新的材料绞尽脑汁。

一天，毕昇见妻子用瓦罐烧水，猛然想到：如果先用泥坯刻好字，再进窑烧，不就可以制成像瓦罐那样不吸水的泥活字吗?于是，他在家里的后院搭起了一座小窑，又用胶泥制成许多半寸见方的“小土坯”，刻成5000多个字块，然后点火烧窑，日夜守候。两天后，一套不吸水、笔画清晰、坚如牛角的泥活字终于制成了。

毕昇把活字版拼好，试印了3000多张，每一张都清清楚楚，大家看了不禁拍手叫好。活字印刷终于试验成功了!

毕昇发明的活字印刷术具有成本低、速度快、质量好的特点，被誉为我国古代四大发明之一，比欧洲金属活字印刷整整早了400年。

安徒生当演员

小朋友们,你们喜欢读《卖火柴的小女孩》和《丑小鸭》吗?知道它的作者吗?对了!是丹麦童话家安徒生,可你还知道他差一点就当了歌唱家的经历吗?

他出生在一个贫苦的家庭,爸爸是个鞋匠,妈妈则给人家洗衣服来维持生计。爸爸喜欢各种书籍,在闲暇时便给儿子讲故事。爸爸的故事常给儿子带来光怪陆离的梦境,母亲和邻居老太太们也时常给他讲述一些美丽的或可怕的传说。这些故事大大丰富了安徒生的想象力。不久,父亲病逝了,使本已不富裕的家境,更加贫困了。小安徒生只好退学,为了贴补生活,他经常去干些杂活,有一次剧院缺人手,安徒生就串演了一个马车夫。他深爱上了这种职业。于是,在 15 岁时离开家,到当时丹麦歌剧的发源地,寻找机会。他所到之处人们都认为他是个不知天高地厚的穷小子。可是安徒生却有一股不达目的绝不罢休的犟劲儿,他听说有一位著名的意大利歌唱家正在这里开一个晚会,于是他想尽一切办法闯了进去大声说:“请问哪位是西博尼先生,我要拜您为师,和您一样成为一名歌唱家。”接下来竭尽全力为大家演唱了一首歌。歌唱家西博尼被他的追求和热情感动了。同时感动了曾经是穷孩子的作曲家惠斯。西博尼答应收留安徒生做学生。他不敢相信眼前所发生的一切,饥饿、紧张、激动使他一下子昏倒在地。可是没有多久,一场大病无情地毁坏了他的声带,他再也无法引吭高歌了。于是他全身心扑到了剧本的写作上,为以后成为童话作家做了铺垫。

爱读书的少年

高尔基不满10岁就到一个绘图师家去当学徒，贫困剥夺了他上学的机会,可他却千方百计地找书看。

白天,他干着那些永远干不完的活,到了晚上,他就想把全部的空闲时间用来看书。可是主人却不允许他读书,高尔基只好等主人一家全都睡觉后,再偷偷地到楼顶小屋里去读书。没有灯,他就借着月光,并别出心裁地用一只铜锅把月光反射过来,这样就可以看见书上的字了。在没有月光的夜晚,他就爬上高高的木凳,在主人家供奉圣像的长明灯下,借着微弱的灯光看书。有时一站就是几个小时。

有一次,高尔基由于白天太累了,夜里读书时竟睡着了。猛然间,耳边响起了打骂声。睁眼一看,女主人举着书朝自己狠狠打来,高尔基任凭她打骂,两眼紧盯着那本书,唯恐女主人把书撕掉。绘图师也跑来厉声责问高尔基:“你从哪偷来的书?”“我……我是从神父那里借来的。”高尔基撒了个谎。绘图师半信半疑的总算没把书撕掉。以后,高尔基看书更谨慎了。

丑小鸭变白天鹅

麦克斯韦是英国著名的数学家。10 岁那年，他进了爱丁堡中学，由于他说话所带的口音和衣服的破旧，受到了全班同学的嘲笑，大家称他为“丑小鸭”。对此，麦克斯韦不予理睬，一头埋进书中，专心致志地学习。

在学校，他避开同学的冷嘲热讽，常常躲在教室的角落里，专心地解答数学题，放学回家后，才放开喉咙朗读英国著名的诗篇，认真努力地学习着，两年后，麦克斯韦在学校举行的数学、诗歌比赛中，一举夺得双冠，老师和同学们彻底改变了对他的看法，他以自己的勤奋和刻苦赢得了尊敬，从“丑小鸭”一下子变成了“白天鹅”。后来，他成为了杰出的数学家、物理学家。

学徒出身的政治家

美国著名的政治家富兰克林从小就非常喜欢读书,不到 7 岁就把家里的藏书读遍了。

长大后,他想当一名水手,但父亲不同意,觉得太危险了,他哥哥开了一家印刷厂,父亲想让他去,就对他说:“到那里去当学徒,不仅能学到一门手艺,而且由于那是印书的地方,还能读到很多的书,你可以成为第一个读者,那有多好啊!”富兰克林听了很高兴,就到了印刷厂去学艺了。他当了学徒以后,发现印刷厂的书多极了,而且涉及的方面很广,在这个有利的条件下,他遨游在书的海洋里。在三年的学徒的时间里,他读了三年的书,增长了知识,开阔了视野,为他以后成为政治家和科学家打下了基础。

鲁迅踢“鬼”

在鲁迅的故乡绍兴,人们很迷信。有一次,人们传说有一个坟场经常在晚上闹鬼。因为鲁迅经常要从坟场经过,好心的人就劝他一定要小心。

那时候,鲁迅在一所学校里教书,经常很晚才能回家。有一天,他很晚才完成工作,为了赶时间,他就不顾人们的劝说,踏上了那条经过坟场的路。

夜已经深了,微弱的月光照着小路,四周阴森森的。突然,鲁迅发现路旁一座坟前出现了一个白花花的影子,影子一会儿高,一会儿矮,一会儿大,一会儿小。“难道真的有鬼?”鲁迅虽然学过医学,不相信鬼,但看到这个情景,心里还是有点紧张。但想到家里的人还在等自己,鲁迅就没有退缩,继续朝前走。

走着走着,那个影子竟然飘飘悠悠地向鲁迅走过来。鲁迅想:我是堂堂正正的人,怎么会怕你!他大踏步地继续走。说来也奇怪,看鲁迅一点也不害怕,反而走过来了,影子竟然停住了,然后在一座坟前缩小成了一团。鲁迅想知道到底是什么东西在作怪,就快步走到坟的前面,大喝一声:“什么东西在这里装神弄鬼!”然后就狠狠地踢了影子一脚。

“哎呀!”影子居然疼得喊了起来,然后就逃跑了。原来,那是个盗墓(挖掘坟墓盗窃里面的随葬品)的,披着一块白绸子装鬼吓唬人,好让人们不敢从这条路上过。

李四光的小石头

李四光是著名的地质学家。有一次，一个学生在外出考察的时候，得到了一块奇特的小石头。小石头是紫红色的，不到一寸长。石头的奇特在于它弯曲成直角，外面光滑，里面有许多皱纹。因为知道李四光喜欢收集各种各样的石头，那个学生就把石头送给了李四光。李四光认为这是一个研究地质的好标本，十分喜爱它，走到哪儿都随身带着。后来，李四光根据这块石头写了好几篇论文。

1942年的时候，广西大学请李四光做报告。李四光一边讲，一边拿出那块石头，让学生们传看，没想到报告结束后，小石头竟然不见了。李四光连声问谁拿了，可没有一个人出声，他只好宣布下课。回到家，他难过得连饭都吃不下去。

广西大学的校长觉得过意不去，就在学校贴了一个告示，说那块石头并不值钱，只能用作科学研究，请拿走石头的人把石头放在一个指定的地方。过了两天，小石头果然出现在校长家门口的台阶上。校长把石头还给李四光的时候，李四光高兴得简直不相信这是真的。

李四光从此就不敢再随身带着这块石头了，就把它放在家里。没想到，小石头还是莫名其妙的不见了。李四光只好感叹地说："看来它是不想让我继续研究它啊。"

“我一定要痛击它”

林肯是美国第15任总统，是个外表粗犷强硬、内心仁慈的男子汉。他从小就很善良、好学，当了总统后，他废除了美国黑人奴隶制度，为此，拥护奴隶制度的南方军队叛乱了，林肯带领北方人民英勇作战，打败了南方军队，维护了国家的统一。

少年时代的林肯是一个劈栅栏木条的工人，有两个好朋友。一天早晨，三人路过一个市场的时候，看见一个奴隶贩子正在拍卖黑人奴隶，被拍卖的是一个戴着手铐脚镣的奴隶家庭。奴隶贩子把黑人爸爸卖给了一个种植园主，把妈妈卖给一个工厂的经理，几个孩子也分别卖给了不同的奴隶主，其中最小的孩子只有几岁。孩子们被买走的时候，母亲哭晕了过去，最小的孩子哇哇地哭着，抓着母亲的衣服不肯走，但是那个又高又粗鲁的买主一下子就把他拉走了。

林肯看着这一切，眼睛里充满了怒火。

“我要是有钱，一定把他们全买下来，好让他们全家团聚。”一个朋友说。

“就是把农场的全部活计让我一个干，我也不买奴隶。”另一个朋友说。

听了这些，林肯愤怒地说：“我们走吧。将来只要有机会，我一定要狠狠地痛击它!”

从这天起，林肯就决心要为消灭黑人奴隶制度而奋斗。

马克·吐温保护树木

马克·吐温是美国著名作家,写了好多反映人和自然的作品,他本人也十分喜欢大自然。晚年的时候,马克·吐温决定盖一幢自己的房子,就设计好了图纸,请了一帮工人来平整地基,修建住宅。工人们开工了。工程进展很快,马克·吐温每天都来看看,对工人们的工作很满意。

有一天,马克·吐温来到工地的时候,忽然看见工人正在砍一棵小树。他生气地大声喊道:“上帝啊,你们这是在干什么!别砍这棵树!”工人疑惑地说:“先生,您是说把这棵树留在您将来的卧室里吗?”其他的工人都笑了起来。马克·吐温走过去,一把抢过工人的斧子扔在了一边,生气地说:

“那棵树要是碍事的话,那就换个地方盖房子。要是没有合适的地方,我宁愿它长在我的卧室里。”

“您是说,仅仅是为了保住这么一棵树,您要换个地方盖房子吗?”

“你说得对,我决定换个地方盖房子,就这么办吧!”

于是,挖地基的工作停了下来。邻居们知道了这件事,都嘲笑他,但马克·吐温没有一丝一毫动摇,他的态度是:宁可不盖房子,也要保护那棵小树,因为那是大自然的象征!终于,盖房子的位置还是更改了,那棵树也保住了。

风筝与闪电

本杰明·富兰克林是美国的学者，哲学家、政治家、外交家、作家、科学家、发明家，像他这样在各方面都显示出卓越才能的人是少见的。

在富兰克林探索大自然奥秘的过程中，他发现下雨时天空的闪电很像电，但闪电到底是不是电呢?他想，如果通过载体把闪电引到地面上，自己亲身体验一下，不就可以解决这个难题了吗?当然，这样做很危险，但富兰克林一点也不畏惧。

一天下午，天空乌云密布，一场暴风雨就要来临了。富兰克林取出一个风筝，在风筝线的末端绑了一把钥匙，带着儿子来到田野上，顺着风势把风筝放飞了，富兰克林把风筝线放得长长的，风筝扶摇直上，简直要看不见了。

大雨倾盆而下，富兰克林浑身都湿透了。正在这时，一道耀眼的闪电掠过天空，击中了风筝!富兰克林看见，风筝线毛茸茸的纤维都立了起来，就小心地用食指碰了碰钥匙。

突然，一个火花从钥匙上迸了出来，正打在他的手指上!富兰克林感到一阵强大的电流让自己的身体都麻木了，就赶紧把手缩了回来。

“您怎么了，爸爸？”儿子担心地问。

“我触电了，孩子。”富兰克林满脸笑容地说，“我们的实验成功啦!天空中的闪电就是电!”

后来，根据这个发现，富兰克林发明了避雷针。

语言大师恩格斯

革命导师恩格斯是一个非常博学的人。恩格斯在中学的时候就学会了希腊语和拉丁语,后来在一家公司工作时,通过大量阅读外国报刊,又陆续掌握了西班牙语、意大利语等语种。这样,在二十来岁的时候,他已经掌握了十来种语言。在给自己的妹妹和同学写信的时候,他经常把这些语言混在一起,妹妹和同学都抱怨说:“我们可不是语言大师啊!”

恩格斯的英语讲得非常流利,他在英国的时候,能和街头的马车夫用地道的方言俗语交谈,人们都把他当作英国人。

有一天,恩格斯路过一个广场的时候,看见一群人正在围观什么。他走过去一看,原来是一个流浪汉正卖力地表演着杂耍。那个艺人穿着一套巴西将军的礼服,把自己打扮成巴西将军的样子。一会儿,杂耍表演完了,恩格斯想夸奖他两句,就走过去用西班牙语和他攀谈起来。因为巴西是西班牙的殖民地,西班牙语是巴西的“国语”。没想到那人茫然地看着他,摇了摇头,原来他不是巴西人。这时候,围观的人都来了兴趣,想知道那人到底是哪国人,就用各种各样的语言和他交谈,但那人都听不懂,就嘟囔了一句方言。恩格斯一听,马上说:“原来您是爱尔兰人!”然后就用爱尔兰语和他交谈起来。

流浪汉听到家乡话十分高兴,激动地流下了眼泪。

马克思与孩子

革命导师马克思很喜欢孩子,孩子们也喜欢他。马克思把孩子们看作是“人类的未来”,他不但喜欢自己的孩子,就是对陌生的孩子,尤其是穷人的孩子,也都非常喜欢。平时遇见穷人的孩子,他经常把硬币塞到孩子的小手里,或者给他们几块糖。马克思就是在晚年,也始终保持着对孩子的这种真挚的感情。

有一段时期,马克思的外孙小琼尼住在马克思家里,马克思经常让他坐在自己的膝盖上甚至骑在自己的脖子上,或者把自己当“马”,用绳子套上,让他牵着做游戏。

有一天,一个客人来拜访马克思。他惊奇地发现,马克思正和孩子们玩一种叫做“拉马车”的游戏。马克思排在最前面,一群孩子排在他的后面连成了一条长龙,叽叽喳喳地向前跑。小琼尼拿着一根马鞭当“马车夫”,只要哪匹马停下来,他就一边挥舞着马鞭,一边奶声奶气地吆喝:“快跑,你这匹懒马!”看着马克思和孩子们玩得这样开心,客人悄悄地走了,他不忍心打扰马克思。

后来,有人深情地说:“要想充分体会这位思想家的真挚感情,就要看看他和孩子们在一起的情形。”

"提灯女神"

1854年,英国的一所战地医院里,一位年轻的护士正提着一盏小小的油灯,一间病房一间病房地探视伤病员。伤病员们对她怀着无比的敬意,亲切地称她为"提灯女神"。她,就是现代护理工作的奠基人,"白衣天使"的先驱洛芬伦斯·南丁格尔。

南丁格尔出生在一个贵族家庭,从小就心地善良。19岁的时候,南丁格尔萌发了当护士的愿望。她认为护士的职责是帮助有困难的人,是十分神圣的。但是,当时人们认为护士职业不体面,只有穷人家的孩子和修女才从事这项工作,所以父母都反对她。

有一次,父亲的一个朋友到家里做客。南丁格尔知道他很有见识,就问他:

"如果我想学护理,一生都做护士,您觉得怎么样呢?"

"孩子,我觉得这是一项高尚的事业。"对方鼓励她说。

南丁格尔受到鼓舞,便对父母说了自己的想法。

"我决心去学护理,因为我从小就想当护士,减轻别人的痛苦。只有这样的生活,我才会感到快乐。你们让我去医院学吧。"父母一听就反对,说:"护士工作又脏又累,你怎么受得了?"

"我能承受这一切,因为它是高尚的。"南丁格尔坚定地说。父母只好同意了。后来,南丁格尔开创了护理学这一专门的学科,受到世界各国人民的尊敬。

穿破皮鞋的大学生

威廉·亨利·布拉格是著名的物理学家,1915 年获得了诺贝尔物理学奖。他小的时候家里很穷,父亲省吃俭用地供他上学。布拉格也很珍惜学习的机会,终于考上了瑞典皇家学院。

在这里读书的人大多是富有人家的子弟。布拉格并不羡慕他们,虽然自己穿的衣服很破旧,但他觉得知识才是财富,所以每天都到图书馆去看书。

有一天,布拉格穿着破衣服,拖着一双比他的脚大得多的破旧大皮鞋来到了图书馆。那些富家子弟见他这套装束,不仅讥讽他是个"叫花子",而且还说他这双破皮鞋是偷来的。布拉格忍无可忍,就和他们争吵了起来。后来,老学监把他召到办公室,两眼死盯着那双破皮鞋。布拉格明白是怎么回事,他强忍着委屈的泪水,从怀里掏出一张小纸片,交给了老学监。老学监打开一看,原来这是布拉格的父亲写给他的一封信,上面有这样几句话:

"我的孩子,真抱歉。家里没钱给你买新鞋,你就穿我的这双吧。但愿再过一、二年,我的那双破皮鞋,你穿在脚上不再嫌大。……我抱着这样的希望:将来你一旦有了成就,我将无比自豪,因为我的儿子正是穿着我的破皮鞋努力奋斗成功的。"

姜子牙钓鱼

姜子牙是周朝的大臣,辅佐周文王推翻了商朝的残暴统治。民间流传着许多关于姜子牙的传说,其中最著名的就是姜子牙钓鱼的故事。

姜子牙隐居在一条小溪旁,每天都去钓鱼。后来,周文王听说他是一个有智谋的人,就想去拜访他。

有一天早晨,文王带着太子来到离小溪5里的地方,太子自告奋勇前去探望。他走到溪边,只见一个老翁坐在石头上正专心垂钓。他细一看,不禁乐了,原来鱼钩是直的,不但没有鱼饵,而且离开水面足有三尺。他正悄悄地站在老翁身后观看,忽然一条小鱼跃出水面,一下子就挂在直钩上!

老翁伸手捉住小鱼,自言自语地说道:"钓钓钓,大的不到小的到,还是回去吧。"说完,把小鱼顺手丢入水里。太子是个聪明人,就回去将情况告知了文王。

文王一听,赶紧亲自来到溪旁,毕恭毕敬地观看老翁钓鱼。只见子牙仍然举着那根直钩垂钓,忽然有一条大鱼"嗖"地蹿出水面,挂在直钩上。老翁又自言自语地说:"钓钓钓,大的终于到,那就上来吧。"说完就把鱼从钩上取下放入鱼篓,这才回头和文王打招呼。

后来,文王拜姜子牙为太师,姜子牙辅佐文王开创了周朝800多年的基业。

爱因斯坦与小女孩

1940年的一个下午,一个12岁的小姑娘放学后正蹦蹦跳跳地回家,一不小心撞上了一个老人。老人抬起头,友好地冲女孩一笑:“对不起,小姑娘,是我不小心。”女孩望着老人,见他穿的衣服又肥又长,脚下穿着一双拖鞋。“嘿!这个人就像童话里的老爷爷。”女孩顽皮地说,“瞧你,穿衣服还不会呢。”听了这话,老人低头看了看自己的装束,冲小姑娘做了个鬼脸:“你肯教我吗?”这很简单!”女孩将妈妈教给她的穿戴要领一口气全说了出来。

小女孩回到家,把这件事告诉了父亲。父亲兴奋地说:“孩子,你今天撞着了当今世界上最伟大的人,他就是爱因斯坦!”

第二天,小女孩又碰到了爱因斯坦,爱因斯坦邀请小女孩去他的办公室。到了爱因斯坦的办公室,小女孩对爱因斯坦说:“你得学会自己照顾自己。瞧,书要放在这里,烟灰缸要放在这里……”从此,小姑娘经常到爱因斯坦的工作室来玩。

一天,小姑娘的母亲遇到了爱因斯坦,好奇地问:“教授,您和我的孩子都谈什么呢?”“她教我怎样穿戴,怎样放东西和布置房间。我呢,简直什么也帮不了她,只好帮她做数学作业。”

永不屈服的曼德拉

曼德拉是南非黑人解放运动的领袖，他把自己的一生都献给了为黑人争取平等权利的事业，在监狱里度过了生命的三分之一。后来，曼德拉终于取得了胜利，成为南非第一位黑人总统。

年轻的时候，曼德拉一面读书，一面组织学生运动，反抗白人的残暴统治。因此，白人统治的学校很仇恨他，就在他大学三年级的时候，把他开除了。有一天，曼德拉被校长叫去谈话。校长假惺惺地说：

"如果你放弃抗议斗争，我们可以让你复学，还可以给你特殊的照顾。"

曼德拉听了，轻蔑地摇了摇头，说：

"我不要你们的特殊待遇，我决不会放弃斗争。"

他毅然中断学业，放弃了文学学士学位，回到了家乡。后来，曼德拉在一家律师事务所找到了工作，他的秘书是一个白人小姐。

有一天，秘书正在给曼德拉打印一封信，这时候进来一个人。那个时候，一个白人小姐为一位黑人工作，是一件很耻辱的事，秘书为了表示她不是曼德拉的下级，就连忙对曼德拉说：

"喏，这是钱，你到商店给我买点吃的来。"

"现在我们是在工作，小姐，"曼德拉不紧不慢地说，"你还是继续打字吧。"

卡扎菲看病

利比亚的领导人卡扎菲是一个传奇人物,他十分痛恨外国人对利比亚人民的压榨。他掌握政权以后,决心给那些傲慢的外国人一点教训。

1971年夏天一个闷热的晚上,有一个个子高高的年轻人穿着阿拉伯大袍子,用面帕遮住半个脸,慌慌张张地跑进了一家医院,对一位正在和别人聊天的医生请求道:“大夫,请您立即到我家去出诊吧,我的父亲病重了!”

这位医生回答说:“走开,少啰唆!我忙不过来,不能上你家去。”

阿拉伯人恳求说:“可是,大夫,我的父亲快要死了!”

“那就给他两片阿司匹林吃吧,别来打扰我。”

“我的父亲快要死了,医生!”

“你没听见我说的话吗?给他两片阿司匹林,我不去你那个肮脏的家!”医生不耐烦了,大声地斥责阿拉伯人说。

这时,这位阿拉伯人拉开了他的面帕,说:“大夫,你一定会为见死不救而感到后悔的!你得离开这个国家,不是在本周,也不是在明天,就在今晚。”这样,这位大夫当天晚上就被驱逐出了利比亚。

原来,这位青年就是利比亚革命指挥委员会主席卡扎菲。从此以后,所有的外国人都不敢小瞧他了。

择友良方

一次，大思想家孟子的三个学生向他求教，怎样才能交到好的朋友，孟子没有直接回答他们，而是带他们到了一片麦田前说："给你们每人一次机会，只准朝前走，去摘一支最大最好的麦穗回来。"

第一个学生走了几步就看见一支又大又好的麦穗，于是高兴地摘了下来，但接着向前走时，又发现很多更大更好的，但为时已晚，只能遗憾地走完全程；第二个学生吸取了他的教训，每看到好的麦穗总提醒自己前面还有更好的，但当快走完路程时，才发现好机会都错过了。那第三个学生应该怎样做呢？

他吸取前两位的教训，走了三分之一时，将麦穗分成大中小三类；再走三分之一时，来验证自己的观点是否正确；最后三分之一时，选择了一支大的，这样他满意地走完了全程。

交朋友也是同样的道理。

鲁班学艺

鲁班16岁那年听说终南山有位手艺精湛的木匠师傅，他决定前去拜师学艺。经过几天的长途跋涉，他来到终南山顶上木匠师傅的门前，见一位老汉正在屋内睡觉，心想，这一定是木匠师傅了。他没有打扰老汉，静静地站在门外等师傅醒来。师傅一直睡到太阳快落山时才睁开眼坐了起来。鲁班赶忙跪拜在地说："我叫鲁班，想学习木匠，请老师收我为徒吧！"师傅问道："你是想学三个月，还是三年？"鲁班答道："想学三年。"师傅又问："学三年和三个月有不同吗？"鲁班说："三个月学去的手艺，扎根在眼里，三年学的手艺，扎根在心里。"师傅听后非常满意，收他为徒并把自己高超的手艺全部传授给他。鲁班精通了多种技术，发明了许多木工工具，成为历代建筑工匠的"祖师"。

换马比慢

从前有一个老赛马师，他有一匹非常好的骏马。他的三个儿子也是赛马师，各自也有一匹心爱的赛马。

这年，老人病了，临终前，他把三个儿子叫到眼前，说："你们三个赛一下马，谁的马慢我的这匹马就给谁。"

于是三个儿子选好地点，准备赛马，他们各自骑着自己的马站在起点，由于是比慢，所以谁也不愿动。就这样，三匹马从早到晚呆在起点，一步也没有动。

第二天，又是这样，傍晚时，有个人路过这里，觉得这三个人很奇怪，就询问情况，知道缘由后给他们出了个主意。按照这个主意，三个儿子公平地解决了这个难题，是什么主意呢?

这个人让他们三个换马骑，即：老大骑老二的，老二骑老三的，老三骑老大的。三个人都不骑自己的马，为使自己的马最慢，就希望别人的马快，于是三匹马全跑了起来，最终决出了快慢。

享受生命的春光

四川省巴东县女护士王飞越身患绝症，生命即将走到尽头，她很想留一点什么给这个曾经让她温暖、让她懂得爱的世界。

可是她的全身已开始溃烂，捐赠遗体用于医学解剖和实验显然已经不太可能。一日，来探病的弟弟说，姐姐，你的眼睛好明亮哟!这句话提醒了王飞越女士，病床上的她顿时兴奋起来：我要捐献眼角膜。

她的遗愿，立刻遭到丈夫和女儿以及亲友们的反对，沉浸在即将丧失亲人的巨大悲痛中的他们，无法理解王飞越的做法。他们在病床前，苦苦哀劝。面对劝说，病床上的王飞越也含泪诉说：这样做，可以让两个人重见光明，难道你们不能满足我这个小小的要求吗?她支撑着写了申请书，求丈夫为她签字。

丈夫终于签字了，王飞越松了一口气。可癌细胞已经开始扩散，加之用药，造成全身水肿。如果水肿也造成眼角膜损伤，就会影响角膜移植手术的质量。她忍着痛，向医生提出，保护好我的眼睛，请不要用止痛药。

伤痛折磨着她，然而她更担心的是，一旦角膜受到损伤，她的捐献计划将成泡影。她提出请求：在她停止呼吸之前，现在就摘掉眼球。丈夫和女儿，还有医生护士们流泪了。守护在一边的眼科专家们也制止了她。

疼痛不断加剧，死神临近，王飞越的一只眼睛甚至已不能闭合。她知道，生命已无法挽留。她最担心的是眼球是否完好无损，为此不断地发出新的请求，而且态度十分坚决：拔掉氧气管，拔掉氧气管!

拔掉氧气管，意味着放弃呼吸，放弃生命，放弃这个美好的世界。丈夫和女儿泣不成声。这样的请求没有被采纳，她就以拒绝治疗来抵制。她如愿了，氧气管终于被拔掉。但接着，她又提出新的请求，拔掉输液管。这一次，周围的人沉默了，彻底尊重了她的意愿。

生命之花终于凋零，只有她的眼角膜被保留了下来。而且其中的一只眼角膜，竟让3位病人重见光明。共有4位患者，包括年轻人和老人，分别承接了她的光明。这位从未走出过县城的女士，将光明播撒到南疆北土，播撒到遥远的地方……

她有一段临终录音，那是对承接她光明的人说的：“你好，我不知道你姓什么叫什么，我祝福你，希望你重见光明，尽情享受春光。”

真诚的爱心

哈杰·厄斯金是一个出生在贫穷人家的孩子。一天,一个可怜的老妇人上门乞讨,小哈杰的母亲竟毫不犹豫地将准备晚餐的几个便士,全部赠给了这个可怜的老人。当时,哈杰极其不理解,站在门旁用惊讶的眼神看着母亲,喃喃地说:“我们今晚吃什么啊?”

母亲抚摸着小哈杰的头说:“孩子,我们一天不吃晚饭没有关系,可是这个可怜的女人,如果再拿不到一个便士,就有可能在这个饥寒交迫的夜里死掉的。好孩子,你一定要记住,人要用一颗博大而真诚的爱心去帮助别人,那他会得到快乐和心中的安宁。”在母亲的这种一心向善的思想熏陶下,哈杰也在成长的过程中渐渐理解了母亲所说的“博大而真诚的爱心”是什么。

十几年后,哈杰·厄斯金也长成了一个心怀善念的小伙子。

一次,在朋友的化装舞会上,他遇见了一位退役陆军上校的女儿劳拉·默顿。美丽的姑娘很快就被哈杰的英俊与善良所征服,两个年轻人坠入了爱河。但上校却因为哈杰的贫穷而不允许他们结婚。上校告诉哈杰:“孩子,当你拥有1万英镑的时候再来找我吧,那时我们再谈你们结婚的事情。”

1万英镑!这对哈杰来说,简直是个天文数字。当时,哈杰的无奈与伤感,让他的朋友们很为他担心。

一次,哈杰到一个画家朋友家去散心,朋友正在画一张乞丐画像。给他做模特的是一个老乞丐，弓腰驼背，满脸皱纹，身上穿的衣服破旧不堪，一手拄着粗糙的木棍，一手伸出帽子做讨钱状。哈杰不禁动了恻隐之心，特别是当他听说朋友一小时只付给老乞丐10便士的报酬时，更是有些不平。他一刻也不想在这样吝啬的朋友面前待下去了，于是，从口袋里摸出自己仅有的1英镑金币，塞到老乞丐的手中，只说声"再见"转身就离开了……

第二天早晨，哈杰正在吃早饭，一个人来见哈杰，他说自己是大富豪古斯塔弗·纳尔丁先生的信使，他把手里的一封信交给哈杰后就告辞了。哈杰满腹狐疑地打开信一看，只见上面写道："给哈杰·厄斯金先生和劳拉·默顿小姐的结婚礼物。一名老乞丐敬上。"信封里还有一张1万英镑的支票……

看着这仿佛从天而降的支票，哈杰立即想到了昨天在朋友家见到的那个老乞丐，难道他就是纳尔丁先生?他立即来到朋友家想问个究竟。朋友告诉哈杰说："你走后，我就把你的不顺利的爱情告诉了那个'老乞丐'，他就是纳尔丁先生。其实，他来做模特，并不是想来挣钱，只是突发奇想，想看看自己如果是个乞丐会是什么样子。特别是当纳尔丁先生知道你正为1万英镑发愁，却又毫不吝啬地把自己仅有的一个英镑施舍给他这个'穷人'时，老人感动了，他说：'这样善良的年轻人，完全应该得到他想得到的幸福!'"

鲁迅弃医从文

鲁迅是我国现代最伟大的文学家、革命家和思想家。早年在日本仙台医学专科学校学习。

一天，在上课时，教室里放映的片子里一个被说成是俄国侦探的中国人，即将被手持钢刀的日本士兵砍头示众，而许多站在周围观看的中国人，虽然和日本人一样身强体壮，但个个无动于衷，脸上是麻木的神情。这时身边一名日本学生说："看这些中国人麻木的样子，就知道中国一定会灭亡!"鲁迅听到这话忽地站起来向那说话的日本人投去两道威严不屈的目光，昂首挺胸走出了教室。他的心里像大海的波涛一样汹涌澎湃。一个被五花大绑的中国人，一群麻木不仁的看客一一在脑海闪过，鲁迅想到如果中国人的思想不觉悟，即使治好了他们的病，也只是做毫无意义的示众材料和看客。现在中国最需要的是改变人们的精神面貌。他终于下定决心，弃医学文，用笔写文章唤醒中国百姓。从此，鲁迅把文学作为自己的目标，用手中的笔做武器，写出了《呐喊》、《狂人日记》等许多作品，向黑暗的旧社会发起了挑战，唤醒中华儿女起来同反动派进行英勇斗争。直到生命的最后一刻，他仍夜以继日地写作。

“斯巴达汉子”

在欧洲和非洲之间的地中海上，有一个大岛叫科西嘉岛，法国著名的军事家、政治家拿破仑就出生在这里。

拿破仑小的时候是个淘气的孩子，喜欢和小伙伴们玩刀枪、打仗，经常弄得浑身是土，还带着伤痕。从那时起他就有了当兵的念头。

10 岁那年，拿破仑进入巴黎一家少年军校学习。许多同学都是贵族出身，看不起他这个头矮小、穿得土气、讲话还带着地方口音的外乡人。他们经常欺负他，但谁惹他他就和谁打，而且每次都占上风，即使为此受到老师的惩罚，也从不退让。

凭着这种顽强的个性，拿破仑的威信逐渐提高了，大家再也不敢小瞧他，而是叫他“斯巴达汉子”，因为他身体健壮、意志顽强、严守学校纪律，又勇猛好斗，像个古代希腊的斯巴达战士。慢慢地，他成了学生的“头”，一呼百应。

有一年冬天，天降大雪，外面很冷，同学们都待在屋里，拿破仑说：“缩在屋里干什么，走，跟我到外边打雪仗去!”

“对。”很多人应声，“听斯巴达汉子的!”

拿破仑领着大家用雪堆成碉堡，然后分成两队进行攻守。雪仗打得十分激烈，人人兴致勃勃。这个大雪天，成了他们最开心的一天。过了很长时间后，同学们提起这一天，还佩服拿破仑的勇气和能力。

勇敢的登山者

俄国十月革命前,为躲避沙皇警察的追捕,列宁隐居在一个群山环抱的小地方——普罗宁。一天早晨,列宁和另一个革命者巴果茨基一起去山顶看日出,由于出发有点儿晚,列宁就问巴果茨基:"有没有近路到山顶呢?"

"有一条小路,我走过几次,但路很窄,要经过深渊边上,太危险了,我看咱们还是别……"

"就走这条路吧!"没等他说完,列宁就答道。一会儿,他俩来到了小路旁,路宽只能容下一只脚,一边是峭壁,一边是深渊,果然十分险峻。

"您能从这过吗?"列宁问。

"当然,我走给您看。"说完,巴果茨基背贴着峭壁,头朝前进的一侧,不看眼前的深渊,以碎小的步子向前慢慢移动。等走过了最险的地方,他舒了口气,回头一看,吓得他差点儿掉下深渊。原来列宁就跟在他身后,现在正在最险处停下了。因为这是他第一次走这条路,走到这就有些头昏目眩了。列宁停了一会儿定住了神,不慌不忙地一步步地走了过来。

到了山顶,他们看到了日出的美丽景象。然后,他们开始往回走。

"我还想走那条小路,而且我先走。"列宁说完,毅然决然地走了过去并顺利地走了过来。

"请您告诉我,为什么还走这条危险的小路?"过来后巴果茨基问。

"因为我害怕它。"列宁说,"革命者不能让害怕压倒自己,必须随时随地锻炼自己的意志。"

少年孙中山读书

孙中山小时候在私塾读书。那时候就是先生念，学生像唱歌一样咿咿呀呀地跟着念。读熟了，先生让学生一个个地背诵。

一天，孙中山像往常一样到先生面前，把昨天的功课流利地背了出来。先生听了不住地点头。然后就又教他念了一段书，等他读会了，就让他回到座位上自己去背诵。孙中山读了几遍就背了下来，但书中的内容却完全不懂。他想，这样糊里糊涂地背有什么用呢?于是，他壮着胆子站起来。

"先生，请您把刚才这段书的意思给我讲讲好吗?"

这一问，正在摇头晃脑念书的同学们都吓呆了，屋里顿时安静下来。先生拿着戒尺走过来厉声问道："你会背了吗?""会了。"孙中山就一字不差地把这段书背了出来。

先生收起了戒尺，让孙中山坐下，说："我原想书中的道理你们长大后会明白，现在你们既然想听，我就讲给你们听。"

于是，先生详细地讲了起来，大家也听得很认真。后来有个同学问孙中山："你向先生提问题，不怕挨打吗?"孙中山说："学问就是不懂就要问。为弄清道理，就是挨打也值得。"

勇敢的“小海军”

霍雷尔·纳尔逊是十八世纪英国的军事家、海军将领。小时候，他身体瘦弱，但性格十分坚强，很有胆量。十二岁那年，他想到舅父的炮舰上体验生活，为将来参加海军做准备。舅父担心他身体不够强壮，难以适应海上的艰苦生活，但纳尔逊毫不犹豫，舅父终于答应了他，在船上，他既学到了航海知识和技能又锻炼了身体。十五岁时，他参加了北极探险队，在北冰洋上经受了严寒和生死的考验。一次探险船被巨大的冰块困住了，冰越积越多，竟和船体一样高，但纳尔逊没有畏惧，还和大家一起在冰上玩耍起来。

经过几年海上生活的磨炼，纳尔逊成熟起来，掌握了丰富的航海知识和技能，二十一岁就成为了舰长。“小海军”终于达到了自己的目标。

勤奋好学的巴斯德

巴斯德是十九世纪法国著名的微生物学家。他九岁时才上学,但他比别的孩子更努力,总是认真地做好每道习题。别人玩游戏时,他总是在思考问题。

一次,做化学试验分析磷元素,同学们做一遍就完了,他为了彻底弄明白,下课后特意买了兽骨进行试验,并记下了发生的变化,同时把提炼出来的纯磷放在瓶中用于实验。

他的努力得到了老师和同学们的赞扬。后来他以优异的成绩考入了巴黎高等师范学校,从此学习更刻苦了,如饥似渴地探求知识,这为他后来取得的成就奠定了基础。

分秒必争的小职员

爱因斯坦大学毕业后，为了生活，到了一家专利局去上班，但他并不喜欢这份工作。

为了有更多的时间研究自己的理论，他每天只用三四个小时就把专利局的工作做完，剩下的时间便用来悄悄地研究。为了不让同事们发现，他把各种文件堆在办公桌上，在文件堆中偷偷地计算，算完后就把纸条塞进抽屉。

在这种分秒必争的计算和研究的一年中，他先后发表了光电效应理论、布朗运动理论和狭义相对论，同时在三个物理学领域取得了伟大成就。

把消极情绪甩掉

斯宾塞·约翰逊在事业生涯的初期，发现自己缺乏自制，这对生活造成了极为可怕的后果。这是从一个十分普通的事件中发现的。这项发现使斯宾塞·约翰逊获得了一生中最重要的一次教训。

有一天，斯宾塞·约翰逊和办公大楼的管理员发生了一场误会。这场误会导致了两人彼此憎恨，甚至演变成激烈的敌对状态。这位管理员为了显示他对斯宾塞·约翰逊的不悦，当他知道整栋大楼里只有斯宾塞·约翰逊一个人在办公室中工作时，他立刻把大楼的电灯全部关掉。这种情形一连发生了好几次，最后，斯宾塞·约翰逊决定进行“反击”。

某个星期天，机会来了。这一天，斯宾塞·约翰逊到书房里准备一篇在第二天晚上要发表的演讲稿，当他刚刚在书桌前坐好时，电灯熄灭了。斯宾塞·约翰逊立刻跳起来，奔向大楼地下室，他知道可以在那儿找到这位管理员。当斯宾塞·约翰逊到那儿时，发现管理员正忙着把煤炭一铲一铲地送进锅炉内，同时一面吹着口哨，仿佛什么事情都未发生似的。

斯宾塞·约翰逊立刻对他破口大骂，持续5分钟之久，他以比管理员正在照顾的那个锅炉内的火更热辣辣的词句对他痛骂。最后，斯宾塞·约翰逊实在想不出什么骂人的词句，只好放慢了速度。

这时候，管理员站直身体，转过头来，脸上露出开朗的微笑。并以一种充满镇静与自制的柔和声调说道：“呀，你今天早上有点儿激动吧，不是吗?”

他的这段话就像一把锐利的短剑,一下子刺进斯宾塞·约翰逊的身体。

想想看,斯宾塞·约翰逊那时候是什么感觉。站在斯宾塞·约翰逊面前的是一位文盲,他既不会写也不会读,虽然有这些缺点,但他却在这场战斗中打败了自己,更何况这场战斗的场合,以及武器,都是自己所挑选的。

斯宾塞·约翰逊知道,他不仅被打败了,而且更糟糕的是,他是主动的,而且成了错误的一方,这一切只会更增加他的羞辱。

斯宾塞·约翰逊转过身子,以最快的速度回到办公室。他再也没有其他事情可做了。当斯宾塞·约翰逊把这件事反省了一遍之后,他立即看出了自己的错误。

斯宾塞·约翰逊知道,必须向那个人道歉,内心才能平静。最后他费了很久的时间才下定决心,决定到地下室去,忍受这个必须忍受的羞辱。

斯宾塞·约翰逊来到地下室后,管理员以平静、温和的声调问道:“你这一次想要干什么?”

斯宾塞·约翰逊告诉他:“我是回来道歉的——如果你愿意接受的话。”管理员脸上又露出那种微笑,他说:“凭着上帝的爱心,你用不着向我道歉。除了这四堵墙壁,以及你和我之外,并没有人听见你刚才所说的话。我不会把它说出去的,我知道你也不会说出去的,因此,我们不如就把此事忘了吧。”

这段话对斯宾塞·约翰逊的震撼更甚于他第一次所说的话,因为他不仅表示愿意原谅斯宾塞·约翰逊,实际上更表示愿意协助斯宾塞·约翰逊隐瞒此事,不把它宣扬出去,以免对斯宾塞·约翰逊造成伤害。

斯宾塞·约翰逊向他走过去,抓住他的手,使劲地握了握;斯宾塞·约翰逊不仅是用手和他握手,更是用心和他握手。在走回办公室途中,斯宾塞·约翰逊感到心情十分愉快,因为他终于鼓起勇气,纠正了自己做错的事。

这件事发生之后,斯宾塞·约翰逊下定了决心,以后绝不再失去自制。

因为一旦失去自制，另一个人——不管是一名目不识丁的管理员还是有教养的绅士——都能轻易地将他打败。

下定这个决心之后，斯宾塞·约翰逊立刻发生了显著的变化，他的笔开始发挥出更大的力量，所说的话也更具分量。在斯宾塞·约翰逊认识的人当中，他结交了更多的朋友，敌人也相对减少了很多。这个事件成为斯宾塞·约翰逊一生当中最重要的一个转折点。斯宾塞·约翰逊说：“这件事教导我，一个人除非先控制了自己，否则他将无法控制别人。请记住这句警句，‘上帝要毁灭一个人，必先使他疯狂’。”

学会调控自己的情绪

斯宾塞·约翰逊竭力向全球渴望成功的读者推荐一本一出版就取得了空前轰动的美国畅销书，这本书就是风靡西方世界的商业“圣经”，奥格·曼狄诺写的《世界上最伟大的推销员》。书中虚拟了一个巧妙的故事，少年海菲获得了十卷神秘的《羊皮卷》，他根据羊皮卷的原则行事为人，最终成为了世界上最伟大的推销员、商人，建立了庞大的海菲商业帝国。十卷羊皮卷，其实就是十条做人行事的准则。这十条准则是：

①今天，我开始新生活。

②爱心。我要用全身心的爱来迎接今天。最主要的，我要爱自己。

③恒心。坚持不懈，直到成功。

④信心。我是世界上最伟大的奇迹。我能做得比已经完成的更好。

⑤重视今天。忘记昨天，也不要痴想明天。假设今天是我生命中的最后一天。

⑥控制情绪。今天我要学会控制情绪。有了这项新本领，我也更能体察别人的情绪变化。

⑦快乐。我要笑遍世界。

⑧自重。今天我要加倍重视自己的价值。

⑨行动。我现在就付诸行动。

⑩信仰。万能的主啊，帮助我吧。

十条准则,其实就是迈向成功的十把金钥匙。这十把金钥匙里面,有两把金钥匙同情绪有关:第⑥条“控制情绪”和第⑦条“快乐”。可见,控制情绪在人生的成功之路上是多么重要。

我们看一看神秘的羊皮卷告诉人们怎样来控制情绪。他认为如果你每天反复读下面引用的这段话,使里面阐述的观点成为你思想观念的一部分,那么,将对你的一生大有好处。

《羊皮卷之六》:

——今天我要学会控制情绪。

潮起潮落,冬去春来,夏末秋至,日出日落,月圆月缺,雁来雁往,花飞花谢,草长瓜熟,自然界万物都在循环往复的变化中,我也不例外,情绪时好时坏。

——今天我要学会控制情绪。

这是大自然的玩笑,很少有人窥破天机。每天我醒来时,不再有旧日的心情。昨日的快乐变成今日的哀愁,今日的悲伤又转为明日的喜悦。我心中像有一只轮子不停地转着,由乐而悲,由悲而喜,由喜而忧。这就好比花儿的变化,今天绽开的喜悦也会变成凋谢时的绝望。但是我要记住,正如今天枯败的花儿蕴藏着明天新生的种子,今天的悲伤也预示着明天的欢乐。

——今天我要学会控制情绪。

我怎样才能控制情绪,以使每天卓有成效呢?除非我心平气和,否则迎来的又将是失败的一天。花草树木,随着气候的变化而生长,但是我为自己创造天气。我要学会用自己的心灵弥补气候的不足。如果我为顾客带来风雨、忧郁、黑暗和悲观,那么他们也会报之以风雨、忧郁、黑暗和悲观,而他们什么也不会买。相反地,如果我为顾客献上欢乐、喜悦、光明和笑声,他们也会报之以欢乐、喜悦、光明和笑声,我就能获得销售上的丰收,赚取成仓的金币。

——今天我要学会控制情绪。

我怎样才能控制情绪，让每天充满幸福和欢乐？我要学会这个千古秘诀。弱者任思绪控制行为，强者让行为控制思绪。每天醒来当我被悲伤、自怜、失败的情绪包围时，我就这样与之对抗：

沮丧时，我引吭高歌。

悲伤时，我开怀大笑。

病痛时，我加倍工作。

恐惧时，我勇往直前。

自卑时，我换上新装。

不安时，我提高嗓音。

穷困潦倒时，我想象未来的财富。

力不从心时，我回想过去的成功。

自轻自贱时，我想想自己的目标。

从今往后，我明白了，只有低能者才会江郎才尽，我并非低能者，我必须不断对抗那些企图摧垮我的力量。失望和悲伤一眼就会被识破，而其他许多敌人是不易察觉的。他们往往面带微笑，招手而来，却随时可能将我摧毁。对它们，我永远不能放松警惕。

自高自大时，我要追寻失败的记忆。

纵情享受时，我要记得挨饿的日子。

扬扬得意时，不要忘了那忍辱的时刻。

自以为是时，看看自己是否能让风止步。

腰缠万贯时，想想那些食不果腹的人。

骄傲自满时，要想到自己怯懦的时候。

不可一世时，让我抬头，仰望群星。

——今天我要学会控制情绪。

有了这项新本领，我也更能体察别人的情绪变化。我宽容怒气冲冲的人，因为他尚未懂得控制自己的情绪，就可以忍受他的指责与辱骂，因为我知道明天他会改变,重新变得随和。我不再只凭一面之交来判断一个人,也不再因一时的怨恨与人绝交,今天不肯花一分钱购买金篷马车的人,明天也许会用全部家当换取树苗。知道了这个秘密,我可以获得极大的财富。

——今天我要学会控制自己的情绪。

我从此领悟了人类情绪变化的奥秘。对于自己千变万化的个性,我不再听之任之,我知道,只有积极主动地控制情绪,才能掌握自己的命运。

我控制自己的命运,而我的命运就是成为世界上最伟大的推销员。

我成为自己的主人。

我由此而变得伟大。

《羊皮卷》之六里面所阐述的控制情绪的箴言可以说是句句珠玑。斯宾塞·约翰逊建议每一位读者不妨花上一个月的时间来读上面的内容。其实,只要你真正能够按照上面的原则来思考和行事,那么你就一定能在通向成功的路上取得意外的收获。读上一个月,而且每天都做记录,并写下心得体会;甚至加上每天的自省和反思,那么,上面的原则就可以成为你生命的一部分,每一句话都可以烙在你的心灵上,并通过你的行为表现出来。无论你是想取得商业上的成功,还是事业上的成功,你都需要每天这么对自己说:“今天我要学会控制情绪。”只要能够控制好自己的情绪,就一定能够理智地处理好每一个问题。

用积极心态压制抑郁情绪

斯宾塞·约翰逊指出:抑郁情绪是所有消极情绪里面危害最大的一种。

陷入抑郁情绪的人,往往萎靡不振,对工作和生活失去兴趣;对很多事情麻木不仁;他甚至不能去爱别人和体会别人对他的爱。

对陷入抑郁情绪的人来说,情形就不同了,所有这些怜悯无一能穿透那堵把你和世人隔开的墙壁,在这封闭的墙内,你不仅拒绝别人哪怕是极微小的帮助,而且还可能用各种方式来惩罚自己。在抑郁这座牢狱里,沉浸在抑郁情绪里的人同时充当了双重的角色:受难的囚犯和残酷的罪人。世界上也许有焦虑的成功者,有暴躁的成功者,也可能有悲观的成功者——虽然这些情绪都是他们成功的障碍或敌人,但有时候机遇来临时,他们也能足够幸运地获得成功。但是,世界上绝没有抑郁的成功者,即使机遇就摆在他们脚下,哪怕成功就在举手之间,陷入抑郁情绪的人的心灵太疲惫了,无力去摘取成功的果实。

一个陷入抑郁情绪的人有着怎样的感受呢?对许多人来说,即使搜肠刮肚地寻找词汇,也难以表达他们的沮丧心情。一般地,对抑郁的描述有以下几种。

①他孤独地待在迷雾里,雾或者很灰,或者很暗,或者是一团分不清的颜色纠结在一起。有时雾像极厚的棉絮缠绕着他。他感觉找不到出路,或者在恐惧或绝望中全身冰冷。

②他处在空旷的原野、干燥的沙漠、冰结的荒地或无垠的海洋中。他看到自己正向遥远的地平线艰难地跋涉，并遇到风暴的强烈袭击；或者他看到自己正孤立无援地呆呆坐在灼热的岩石或即将融化的浮冰上，内心充满恐惧。

③他看到自己独处一隅，正被什么东西紧紧地裹起来，或者有个重物正沉沉地压在身上。那裹着他的可能是寿衣，或压在心头的一块石头，或落在肩上的巨大的黑色猫头鹰。

④他仿佛分裂成两个人，一个关在玻璃屋子的健康的他，和一个茫然的消沉的他。关在屋子里的他徒然地看着自己面临危险，却又不能去挽救。

所有这些描述都很令人恐怖。那么，怎样才能摆脱抑郁情绪。下面是斯宾塞·约翰逊提出的一些原则，供每一位不幸陷入抑郁情绪的读者参考。

(1)不要为自己寻找借口

当你陷入抑郁情绪时，通常都习惯于给自己寻找借口。

比如，你对你朋友说："我不知道哪儿出了毛病，总是累得不行，甚至早上起床也是如此。我简直是拖着身体挨过这一天的，感到精疲力竭。"当你朋友回答说："是不是你该休假了?如果放下手中的工作去休息休息，你的感觉会好很多。到海滨去休假，享受大自然的阳光雨露吧。"

但你对朋友解释道："你的话有道理。我确实需要休息一下，但我脱不开身呀!公司里刚换了一名新经理，对这里情况还不熟悉；秘书小姐正在休病假，天知道她哪天才能上班；我的孩子马上要参加毕业考试，他不在家呆着，但他每个星期都给我打电话，他希望我们都待在家里，以免有事找不到人。"

为什么陷入抑郁的人会为自己寻找借口呢?一个原因是：这种寻找借口的把戏阻止我们去辨别、去思考新思想。

如果他们愿意改变自己的观念，不再为自己寻找借口，那么，他们的抑郁情绪就能够得到控制。

(2)要加倍爱护自己

对陷入抑郁的人来说，要做到这一点很难，但如果一旦做到了，那么其余的一切都好办了，许多抑郁者，从来就没放松过对自己的严格要求。他们往往认为，哪怕做一点小事，也要尽可能把困难想多些。每当给自己买了件可爱的东西，他们就会加倍工作，或者同时也买件东西给别人送去；如果患了重感冒，他们不是躺在床上休息而是挣扎着去上班。有许多性情抑郁的妇女月月都忍受痛经的折磨，毫无意义地消耗着体力和精力，却不愿去治疗。抑郁者之所以这样忽视自己的健康，而处处竭力替别人着想，其原因就是他们对自己要求过于苛刻，总想尽善尽美地做好自己分内的事，从不敢怠慢半分。

我们常说，对自己要严格要求，但不是苛刻；当陷入抑郁情绪时，一定要宽厚待己，要尽可能地以普通人的标准来要求自己，要加倍地爱护自己。

(3)正确使用药物

对那些抑郁情绪比较严重的病人，有时候可能需要服用药物来帮助消除抑郁情绪。使用药物需要注意的是，应该由医生来开处方。跟所有精神药物一样，抗抑郁药也有不小的副作用。

(4)在自己心灵深处寻找一块绿洲

陷入抑郁情绪就像被抛入一潭深水，越是挣扎，身体越沉，但如果能够保持镇静，水就会自然将你托起。同时，如果想走出抑郁的牢狱，你就应该依靠自己的力量把自己解放出来。那么，怎样才能不做无谓的挣扎，在自己的心灵深处找到一块宁静的绿洲呢？你需要掌握一套放松身体的技巧并持之以恒。其要点是：任意选择好身体某个部位的肌肉，用手捏紧它，然后再放松。你可以用这个方法让身体达到完全的放松。当你注意身体的某个部位处于紧张状态时，如脸部肌肉紧绷，或呼吸短促，胸口闷得慌，你就应该有意识地收缩肌肉，然后放松，接着再慢慢地、深深地吸几口气。

刚开始时，你可以参加一些专门的训练班，如气功、瑜伽以及心理训练课程。

(5)向朋友诉说自己的烦恼

当你遇到挫折需要帮助时，必须去寻找能和自己推心置腹的人，必须克服沉默寡言、不善交际的毛病。

你应该多交些朋友，在人生道路上，特别是在你摆脱抑郁情绪的过程中，你遇到的各种各样的朋友会给你以各方面的安慰和帮助。当然并不是每个人都会像你希望的那样关心，或许他只是敷衍你几句，不愿真诚地帮助你，但你要相信人们常说的一句话："心诚则灵。"当我们跨上这条没有路标的艰难旅途后，一定会碰到许多富有同情心的朋友，他们将帮助我们渡过一道道难关。

(6)要敢于尝试

首先，陷入抑郁情绪的人应该安排日常的活动，除了工作和必须做的事情以外，排出时间进行身体锻炼，提高活动性。通常，可以把锻炼安排在每天固定的时间内，比如：每天早晨起床后的半小时，或临睡前的一段时间。活动量也应该有所计划，你可以临睡前做俯卧撑，每天做 50 个，或早晨跑 3000 米。

其次，可以做一些具有挑战性的事情，学一样新东西，吉他或跳舞什么的。坚持学下去，很快，你就会发现，你的情绪好多了。做新的尝试时，注意别给自己找借口。你可以想一想，生活中还有什么事情比把自己从抑郁的牢狱里拯救出来更重要呢?

发泄忌伤身

斯宾塞·约翰逊说，成功的创业者，不但要善于控制自己的情绪，而且还应为自己准备一个安全的情绪活塞，以便无法自控时，把它打开。因为它是一种无害的发泄方式。

心平气和的人并不是都不发怒的，他们把愤怒发泄于有益之处。

两百余年之前，诗人德来登便把一句拉丁成语改编成这样："你们要当心一个耐心者的愤怒。长久受压迫的情绪，一旦放松，便会酿成最激烈的爆发。"

斯宾塞·约翰逊曾经这样说："如果我在发怒的时候，我绝不让别人知道。我会赶快走开，跑到楼顶上我办公室旁的健身房去，套上打拳的手套，和我的教师对打，把怒气打出来，如果教师不在，便拼命捶打沙袋。"

他的想法确实是对的。当他被刺激的时候，他并不竭力压制他的愤怒，而是跑到一个能发泄的地方，与拳师或袋子打起来。如果他打的时候，想象着他所打的袋子便是激起他怒气的那个人的头，那就更合他的口味了。

美国钞票公司的总经理伍德赫尔也想出了一种很好的办法，以发泄他的怒气。

年轻的时候，他在某公司做一个小小的职员。他很不悦，因为别人不大重视他，而且他觉得提升迟缓。有许多青年都有这种感觉，但是如果他们表现得太明显，就会引起上面的人不高兴。伍德赫尔是使用什么办法来发泄不满的呢?

他说:“有一段时期,我这种感觉非常之厉害,渐渐扩大,以至觉得不得不离此而去。但是在我写辞职信之前,我去拿了一支笔和一瓶红墨水——因为黑墨水不足以发泄我火热的愤怒——坐下来把我对于公司中每个上级职员和经理的评判,都写出来。我写得很不错,用了不少的形容词。然后我把单子收起来,把我的忧愤说给一个老友听。”

“以后凡是我忍不住的时候,”伍德赫尔说,“我便坐下来把我所要说而不敢直说的话都写下来。这实在是一种很好的安全活塞。我写了之后,便觉得一身轻松。我把写的这些东西收藏起来,不给人看。以后,别人都晓得我有一种自制的能力。我劝告所有人,无论年轻年老的,都学着写这种红墨水纸条,以约束自己。”

纽约的电气大王爱德利兹认为,把愤怒写在信上有时是很好的,它可以使你的情绪放松一下,不过这种信要留一天再发出,尤其是你要有相当的时间想一想这个重要的问题,我这种愤怒的言辞如果公开会有什么结果呢?

曾经在美国民众煤气公司做过30年总经理的比历兹有一种怪脾气,便是对小事容易发脾气,而对于严重的事却能若无其事。有一天他把一盒雪茄烟遗忘在四轮马车里,过一会他记起来了,便回头去找,但是却已不见雪茄的踪影。

他非常愤怒,大声吼叫起来,旁边站着的人以为他掉了很贵重的烟。但事实上却是5分钱一支的雪茄烟,一共不过2元5毛钱吧。

他这次的情况,与某次他损失一笔大款项时的情况,形成鲜明的对照。那正是经济恐慌时期。比历兹先生因卧病在床,有几天没出去。可就在这几天里,公司损失了大约3万元。后来,当别人把这一损失告诉他的时候,他却只用手摸着头发,想了一想,然后说:“算了吧,如果不打破几个蛋,是做不成软煎蛋的。”

斯宾塞·约翰逊告诉我们，如果因小事而急躁，就找一种发泄的办法；然后平和起来，保持你的精力，以准备应付大事，因为应付大事是要极大的自制力。一些小小的烦恼如果不发泄出来，便会堆聚成一种长期的积愤，到大事来时便完全不能自制了。

豁达面对人生

只要豁达乐观，万事都能看得开，且懂得苦中寻乐。不是视苦难为不幸，而是从好的一面来看待它，积极地生活。这样的人就很容易成就大事。

世界上许多问题都有正、反两重意义，关键是看你采取什么样的态度。比如，看见半瓶子酒，乐观者会高兴地说："真好，还有半瓶子酒可以喝。"而悲观者却会充满沮丧："可惜，只剩下半瓶了。"

所以，无论我们处于什么样的险恶环境，都应有一种积极开朗的心态，尽量去理解事物中消极的一面，把苦难当作一种磨炼。苦中寻乐，定会使你得到许多十分宝贵的经验，为你今后事业的发展奠定基础。

有一位著名的女高音歌唱家，30多岁就已经称誉乐坛，名满全球，而且郎君如意，家庭美满。

一次她到邻国开独唱音乐会，入场券早在一年以前就被抢购一空，当晚的演出也受到极为热烈的欢迎。演出结束之后，歌唱家和丈夫、儿子从剧场里走出来的时候，一下子被早已等在那里的观众团团围住。人们七嘴八舌说着，其中不乏赞美和羡慕之词。

在人们议论的时候，歌唱家只是在听，并没有表示什么。等人们把话说完以后，她才缓缓地说："我首先要谢谢大家对我和我的家人的赞美，我希望在这些方面能够和你们共享快乐。但是，你们看到的只是一个方面，还有另外的一个方面没有看到。比如，你们夸奖的活泼可爱、脸上总带着微笑的这个小男孩，不幸是一个哑巴。而且，在我的家里他还有一个姐姐，是需要长年关在装有铁窗的房间里的精神分裂症患者。”

歌唱家的一席话使人们震惊得说不出话来，这时那歌唱家又说：“这一切我都不抱怨，我经常对自己说：上帝是公正的！”

斯宾塞·约翰逊说得好：上帝在用同样的天平称量着每一个人，他给你一份艰辛，相应地会在另一端放上相同分量的荣誉。人生不就是这样吗？

在优势上发挥自己

决定成败的不是你尺寸的大小——而在于做一个最好的你，做好你应该做的每一件事。

回顾过去人类艰难求索的历程，最值得我们骄傲的不是"登月"，也不是什么网络，而是人类发现自身蕴藏着无穷的潜力，认识你自己，认识你的强项和弱项，最大限度的发挥自己的强项，最大可能的转换自己的弱项。

我们每个人都有140亿个脑细胞，一个人只利用了肉体和心智能源的极小部分，若与人的潜力相比，我们只是半醒状态。正如美国诗人惠特曼诗中所说：

我，我要比我想象的更大，更美
在我的，在我的体内
我竟不知道包含这么多美丽
这么多动人之处

人是万物的灵长，是宇宙的精华，我们每个人都具有光扬生命的本能。为"生命本能"效力的就是人体内的创造机能，它能创造人间的奇迹，也能创造一个最好的你。

一个人相信自己是什么，她就会是什么。一个人心里怎样想，她就会成为怎样的人。相信你是个强者，你就可能是个强者，我们每个人心里都有一幅"心理蓝图"或一幅自画像，有人称它为"自我心像"。自我心像有如电脑程序，直接影响它的运作结果。如果你的心想象的是做最好的你，那么你就会在你内心的"荧光屏"上看到一个踌躇满志、不断进取的自我。同时，还会经常收听到“我做得很好，我以后还会做得更好”之类的信息，这样你注定会成为一个最好的你。

美国哲学家爱默生说：“人的一生正如他一天中所设想的那样，你怎样想象，怎样期待，就有怎样的人生。”美国赫赫有名的钢铁大王安德鲁·卡内基就是一个能充分发挥自己创造机能的楷模。他12岁时由苏格兰移居美国，先在一家纺织厂当工人，当时，他的目标是决心“做全工厂最出色的工人”。因为他经常这样想，也是这样做，终于成为全工厂最优秀的工人。后来命运又安排他当邮递员，他想的是怎样“做全美最杰出的邮递员”。结果他的这一目标也实现了。他的一生总是根据自己所处的环境和地位塑造最佳的自己，他的座右铭就是“做一个最好的自己”。

剑桥大学塞西尔·帕金森教授认为：做一个最好的自己，不一定非要当什么“家”，也不一定非要出什么“名”，更不要与别人比高低，比大小。就像人的手指，有大有小，有长有短，它们各有各的用处，各有各的美丽，你能说大拇指就比小拇指好?决定做最好的你，既不是看你物质财富的多少，也不是看你身份的贵贱，关键是看你是否拥有实现自己理想的强烈愿望，看你身上的潜力能否充分地发挥。人们熟知的一些英雄模范人物，就是在最平凡的岗位上，充分发挥人的创造机能，做好自己身边的每一件事，创造了最好的自己。

道格拉·拉赫在他的诗中写道：

如果你不能成为一棵大树，那就当丛小灌木。

如果你不能当一丛小灌木，那就当一片小草。

如果你不能是一只麝香鹿，那就当尾小鲈鱼——但要当湖里最活泼的小鲈鱼。

我们不能全是船长，必须有人当水手。

这里有许多事让我们去做，有大事，有小事，但最重要的是我们身旁的事。

如果你不能成为大道，那就当一条小路。如果你不能成为太阳，那就当一颗星儿。

决定成败的不是你的尺寸的大小——而在于做一个最好的你，做好你应该做的每一件事。

劣势之中往往包含着优势的种子

任何事物都是辩证的,弱点有时可以成为人的强项,优势不好好利用也会成为劣势。

有一个10岁的男孩,在一次车祸中失去了左臂,但他很想学柔道。

最终,小男孩拜一位日本柔道大师做了师傅,开始学习柔道。他学得不错,可已经练了三个月了,师傅还是只教他一招,小男孩有些不理解。

他终于忍不住问师傅:"我是不是应该再学学其他招数?"

师傅回答说:"不错,你的确只会一招,但你只需要会这一招就够了。"

小男孩还是不很明白,但他很相信师傅,于是就继续照着练了下去。

几个月后,师傅第一次带小男孩去参加比赛。小男孩自己都没有想到居然轻轻松松地赢了前两轮。第三轮稍稍有点艰难,但对手不久就变得有些急躁了,小男孩连着用那一招,又赢了。就这样,小男孩迷迷糊糊地进入了决赛。

决赛的对手比小男孩高大、强壮许多,也似乎更有经验。有一度小男孩显得有点招架不住,裁判担心小男孩会受伤,就叫了暂停,打算终止比赛,判对手赢,然而师傅不答应,坚持说:"继续下去!"

比赛重新开始后,对手放松了戒备,小男孩立刻使出他的那一招,制服了对手,由此赢了比赛,得了冠军。

回家的路上,小男孩和师傅一起回顾每场比赛的每一个细节:"师傅,我怎么就凭这一招就赢得了冠军?”

师傅答道:“有两个原因:第一,你几乎完全掌握了柔道中最难的一招;第二,就我所知,对付这一招唯一的办法是对手抓住你的左臂。”然而小男孩却没有左臂。

所以,小男孩最大的劣势变成了他最大的优势。

每个人有优势也有劣势,应该做的是扬长避短。

小李有个弱点,在单位是出了名的,就是不管谁怎么给他亏吃,他都不会生气,过两天忘得一干二净,是个典型的“面瓜”。

有一次,单位有五个人到南方某地出差,返回时买了飞机票,可只买到四张。不用说,别人坐飞机,他只好乘火车。意外的事情发生了,飞机失事,四位同事不幸遇难。是他的弱点,侥幸中救了他一命。

弱点并不是绝对的坏事。其实,只要我们仔细去想一想,有时还真是弱点拯救了我们。胆小怕事、性格怯懦,这自然是弱点,但有人就是因为胆小怕事才躲过了劫难。

弱点有时可以成为人的强点。比如,性格内向、胆小怕事的人常常处事谨慎、办事周到。不善交际,寡于言辞,是个弱点,而这样的人却能耐住寂寞、深谋远虑。脾气暴躁、点火就着,是个弱点,可有时他们却能处事果断、抓住良机。秉性懒散,反应迟缓,是个弱点,可他们常常遇事不慌、做事稳重。

生理上有个“代偿功能”,比如说,眼神不大好的人,耳朵却特别灵敏。心理上似乎也是这样,弱点常是优点的反面,优点常靠弱点凸现,从这个意义上说,我们不仅不应该藐视弱点,而且还应该善待它、珍惜它。

对于弱点,如果你讨厌它、嫌弃它、诅咒它,它会毫不客气地给你一点颜色,让你痛苦、自卑、难堪;如果你能正视它、珍惜它、善待它,弱点也会给你带来事业有成的好运,带来知足、知趣的快乐。可见,善待弱点,是人生的一大智慧。

优势不好好利用也会成为劣势。

三个旅行者同时住进了一家旅店。早上出门的时候，一个旅行者带了一把伞，另一旅行者拿了一根拐杖，第三个旅行者什么也没有拿。

晚上归来的时候，拿伞的旅行者淋得浑身是水，拿拐杖的旅行者跌得满身是伤，而第三个旅行者却安然无恙。为什么第三个旅行者能够安然无恙呢？因为拿伞和拿拐杖的旅行者不懂得这样一个道理：优势不好好利用也会成为劣势。

下面让我们来看看他们三者在雨中的表现。

拿伞的旅行者说："当大雨来临的时候，我因为有了伞就大胆地在雨中走，却不知怎么淋湿了；当我走在泥泞坎坷的路上时，我因为没有拐杖，所以走得非常仔细，专拣平稳的地方走，所以就没有摔伤。"

拿拐杖的说："当大雨来临的时候，我因为没带雨伞，便拣能躲雨的地方走，所以没有淋湿；当我走在泥泞坎坷的路上时，我便用拐杖拄着走，却不知为什么常常跌伤。"

第三个旅行者说："这就是我安然无恙的原因。当大雨来时我躲着走，当路不好时我小心地走，所以我没有淋湿也没有跌伤。"

每个人都有每个人的长处、优点，以及引以为荣的骄傲，但并不是每个人都具备一种忧患意识。比如一个年轻人，家里条件好，什么都不用操心，于是就不思进取，那么，这个家庭的优势就成为他成功的劣势，因为他没有好好利用它。

心灵的强大方能造就真正的强者

如果我们不花些功夫，在精神上培养良好的习惯，有充沛活跃的强大的心灵，那么我们的心便毫无隐蔽戒备。

任何人的强大都必须从自己心灵的强大开始，否则只能依旧是一个脆弱的人，不可能真正成功。

哈佛大学教务长勃里格是大家最敬爱的人物。可是据为他写传记的作者说，从来没有人像他那样，因为心里过于紧张而受苦。每天终了，他要为已做的或没有做的事而痛楚。因为工作太多，他就高高地悬浮在这些事的上层，心中不免烦躁，因此常常会同人家闹翻。就因为心境毫无戒备，所以有许多芝麻绿豆无关紧要的小事，往往把他弄得筋疲力尽。所以每天黄昏，原本可以停下来休息一会儿的，可是他却仍在折磨自己。假使他觉得对某一个新生责罚太重了，就会整夜都睡不好。假使他竟一时想不起旧生的姓名，晚上就会吃不下饭。原来一个完美、机灵、可爱的人物，因为受恶鬼的作弄，而破坏了后半生的生活。

创造进化论的达尔文，在他的传记中说，因为他漠视自己的心，所以也曾遭受惨痛的损失。年轻时，他爱好音乐，也爱莎士比亚的灿烂诗篇。可是因为要写科学论文，长期钻研事理，因此无暇兼顾早年所爱好的音乐和诗。他认为这是一项损失，因为直到晚年，仅仅从事科学研究使他心灵空虚贫乏。所以如果我们不能找到更好的东西，而把许多美好的事物放弃，那是很不明智的。

几年以前,凯克尔住的城里有一位极虔诚高尚的市民,常以公众为念,可是恐惧和忧虑侵袭着这位市民的心,使这位市民一点也不能反抗。后来他们在一起计划,想出一套镇定心情的办法,对他好像有点帮助,可是终于由于积习太久,仍不奏效。

即使宗教对他也没有什么用。因为这种恐惧很广泛,无可名状,极可怕,就像雾中茫茫的影子一样。这位先生很勇猛,所以碰到危险,他仍知道恐惧的根源在哪里。可是恐惧虽然很快过去,阴影仍像慢性毒药,留在性灵深处,无可捉摸,虽然恐惧的对象大部分只是自己而已。

人生愈来愈枯燥,愈艰难,所以我们虽还未老迈,便饱尝忧患。如果我们不花些功夫,在精神上培养良好的习惯,有充沛活跃的强大的心灵,那么我们的心便毫无隐蔽戒备。所以至少我们该把身心两者同样看重才是。

我们对饮食往往非常考究,可是灵性的粮食却取之于垃圾箱,只读一些肮脏腐败的书籍。所以保罗对青年朋友说:“你要保守你心。”要谨防会歪曲心灵的恶劣影响,要好好锻炼心灵,使心灵强大起来,因为心灵强大了你才能强大。

刚毅是成功者的必备品质

一个人能在任何情况下都勇敢地面对人生，无论遭遇到什么，依然保持生活的勇气，保持不屈的奋斗精神，他就是生活中的强者。

贝多芬以他那孤独痛苦然而又是热烈追求的一生，给世界留下一句名言："用痛苦换来欢乐。"它曾经鼓舞无数人奋起和自己的不幸进行斗争。

相反，有些人在失恋、失学、疾病，或工作中的挫折、失败，或其他生活不幸事件的打击面前，之所以一蹶不振，精神崩溃，弄到十分可怜的地步，原因之一就在于缺乏坚强刚毅的性格。

没有人生而刚毅，也没有人培养不出刚毅的性格。我们不要神化强者，以为自己成不了那种钢铁般坚强的人。其实，普通人所有的犹豫、顾虑、担忧、动摇、失望等，在一个强者的内心世界也都可能出现。伽利略屈服过，哥白尼动摇过，奥斯特洛夫斯基想到过自杀，但这并不妨碍他们成为坚强刚毅的人。刚毅的性格和懦弱的性格之间并没有千里鸿沟，刚毅的人不是没有软弱，只是他们能够战胜自己的软弱。只要加强锻炼，从多方面与软弱进行斗争，那就可能成为坚强刚毅的人。

如果你想培养自己承受悲惨命运的能力，你可以在自己的生活中采用下列技巧：

(1)下定决心坚持到底。局面越是棘手，越要努力尝试。过早地放弃努力，只会增加你的麻烦。面临严重的挫折，只有坚持下去，加倍努力和加快前进的步伐。下定决心坚持到底，并一直坚持到把事情办成。

(2)不要低估问题的严重性。要现实地估计自己面临的危机，不要低估问题的严重性。否则，去改变局面时，就会感到准备不足。

(3)做出最大的努力。不要畏缩不前，要使出自己全部的力量来，不要担心把精力用尽。成功者总是做出极大的努力，而面对危机时，他们却能做出更大的努力。他们不去考虑什么疲劳啦，筋疲力尽啦。

(4)坚持自己的立场。一旦你下定决心要突然冲向前去，要像服从自己的理智一样去服从自己的直觉。顶住家人和朋友的压力，采取你所坚信的观点，坚持自己的立场。是对是错，现在就该相信你自己的判断力和智慧了。

(5)不要试图一下子解决所有的问题。当经历了一次严重的危机或像亲人去世这样的严重事件之后，在你的情绪完全恢复以前，要满足于每次只迈出一小步。不要企图当个超人，一下子解决自己所有的问题。要挑一件力所能及的事，就干这么一件。而每一次对成功的体验都会增强你的力量和积极的观念。

(6)坚持尝试。克服危机的方法不是轻易就能找到的。然而，如果你坚持不懈地寻求新的出路，愿意在成功的可能性很低的情况下去尝试，你就能找到出路。要保持自己头脑的清醒，睁大眼睛去寻找那些在危机或困境中可能存在的机会。与其专注于灾难的深重，不如努力去寻求一线希望和可取的积极之路。即便是在混乱与灾难中，也可能形成你独到的见解，它将把你引导到一个值得一试的新的冒险之中。

这样才能把自己培养成一个坚强刚毅的强者。

信念是强者之魂

信念是一种巨大的动力，它可以使你去做别人认为不可能成功的事情。

强者能终年一致地施行有效的做法以达到成功。但到底是什么使他们能坚持不懈地全心投入各种各样的事务中呢?

是信念的力量!要成为强者,除了有坚强的意志,还需要有强烈的信念。

吉尔·金蒙特的信念改变了她整个生活的方向。1954 年,18 岁的金蒙特已是全美国最受喜爱、最有名气的年轻滑雪运动员了,她的照片被用作《体育画报》杂志的封面。金蒙特踌躇满志,积极地为参加 1955 年的奥运会预选赛做准备,大家都认为她一定能成功。

她当时的生活目标就是得奥运会金牌,然而,1955 年 1 月,一场悲剧使她的愿望成了泡影。在奥运会预选赛最后一轮比赛中,金蒙特沿着大雪覆盖的罗斯特利山坡开始下滑,没料到,这天的雪道特别滑,刚过几秒钟,便发生了一次意想不到的事故。她先是身子一歪,而后就失去了控制,像一匹脱缰的野马,直往下冲。她竭力挣扎着想摆正姿势,可无济于事,一个个的筋斗把她无情地推下山坡。在场的人都睁大着眼紧张地注视着这一幕,心几乎提到了嗓子眼儿。

当她停下来时已昏迷了过去。人们立即把她送往医院抢救,虽然最终保住了性命,但她双肩以下的身体却永久性瘫痪了。金蒙特认识到活着的人只有两种选择:要么奋发向上,要么灰心丧气。她选择了奋发向上,因为她对自己的能力仍然坚信不疑。她千方百计使自己从失望的痛苦中摆脱出来,去从事一项有益于公众的事业,以开始自己新的生活。几年来,她整日和医院、手术室、理疗和轮椅打交道,病情时好时坏,但她从未放弃过对有意义的生活的不断追求。

历尽艰难,她学会了写字、打字、操纵轮椅、用特制汤匙进食。她在加州大学洛杉矶分校选听了几门课程,想今后当一名教师。

想当教师,这可真有点不可思议,因为她既不会走路,又没受过师范训练。她向教育学院提出申请,但系主任、学校顾问和保健医生都认为她不适宜当教师。当教师要能上下楼梯走到教室,可她做不到。此时,金蒙特的信念就是要成为一名教师,任何困难都不能动摇她的坚强信念,最终她如愿以偿,做了教师,成为一个强者。

信念是一个内涵广泛的名词, 它是指那些你自己认为可以确信的看法。在追求目标的过程中,必然会有许多的挫折和困难,要想坚持到底,不半途而废,则必须有顽强的信念作为支撑。许多中外名人之所以能够取得那么大的成绩,就是因为他们心中有一种矢志不渝的信念,这种信念使他们坚持到最后的胜利。

生命的乐章要奏出强音,必须依靠信念;青春的火焰要燃得旺盛,必须仰仗信念。

信念犹如灯塔,当阴霾蔽日之时,指引你奔向光明的前程;信念宛似温泉,当冰凌满谷之时,冲荡你身心的寒冷;信念好比天梯,当你向险峰攀登之时,引你拾级而上;信念就像金钥匙,当你置身于人生迷宫之时,助你撷取皇冠上的明珠。

信念并不深奥,它是一种明了的人生目标。信念其实就是相信自己,相信胜利,相信自己所确定的目标,相信自己为达到这一目标所具备的能力。

怀疑是信念之星的雾霭,在人迷离的时候,遮住了人的双眼;动摇是信念之树的蛀虫，在飓风袭来的时候，折断挺拔的枝干；朝秦暮楚是信念之舟的礁屿，在潮汐起落的时候，阻止人奔向理想彼岸的行程。

一个人拥有信念是十分重要的。只要有信念，力量会自然而生。

有这样一个真实的故事，耐心寻味，警策人心。

1952年，世界著名女游泳选手弗洛伦丝·查德威克计划从卡德林那岛游向加利福尼亚。两年前，她曾成功地只身横渡英吉利海峡，现在她想再创一项非同凡响的纪录。

就在这一年的某一天，当她游近加利福尼亚海岸时，她嘴唇冻得发紫，全身一阵阵颤抖。她已经在水里泡了16个小时，前面雾气霭霭，看不见海滩，而且也难以辨认伴随她的小艇。

查德威克感到自己已筋疲力尽了，更使她灰心的是在茫茫大海中看不到目标。她感到再也难以支持了，于是向小艇上的人请求：

"把我拖上来吧，我不行了。"

艇上的人劝她再坚持一下："只有一英里了，目标就在眼前，放弃就意味着失败。"

浓雾使查德威克看不到海岸，她以为别人在骗她。

"把我拉上来吧。"她再三请求。

于是冷得发抖、浑身湿淋淋的查德威克被同伴拉上了小艇。

后来查德威克很后悔，她告诉记者：如果她看到了海岸，就一定会坚持到终点。大雾阻止了她夺取最后的胜利。

但这件事过了不久，查德威克认识到，其实，妨碍她成功的不是大雾而是她内心的疑惑。是她自己被大雾挡住了视线，迷惑了心灵，先是对自己失去了信心，然后才被大雾俘虏了。

两个月后，查德威克又一次尝试着游向加利福尼亚。浓雾还是笼罩在她的周围，海水还是冰冷刺骨，同样还是望不见海岸。但这次她坚持了下来，她知道陆地就在前方，她奋力向前游，因为，陆地就在她的心中。她成功了。

在查德威克两次向自我能力的挑战中,信念使她战胜了自己内心的害怕和失望。最终,她征服了海峡也征服了自己,使自己成为一个强者。

任何人都可以使梦想成为现实,但首先你必须拥有能够实现这一梦想的信念。千万不要让形形色色的雾迷住了你的眼睛,不要让雾俘虏了你。你面临的雾也许不是弥漫在加利福尼亚上空的,它们在任何时候、任何地方都可能会出现。

信念在人的精神世界里是挑大梁的支柱,没有它,一个人的精神大厦就极有可能会坍塌下来。

信念是力量的源泉,是胜利的基石。

在沙漠里,干枯的沙子有时候可以是清冽的水——只要你的心里面驻扎着拥有清泉的信念。

“这个世界上,没有人能够使你倒下。如果你自己的信念还站立的话。”

这是著名的黑人领袖马丁·路德金的名言。

纵观在事业上有成就的人,在其起步时都是信誓旦旦。

巴甫洛夫曾宣称:“如果我坚持什么,就是用炮也不能打倒我。”高尔基指出:“只有满怀信念的人,才能在任何地方都把信念沉浸在生活中并实现自己的意志。”事实已经反复证明,自卑,是心灵的自杀。它像一根潮湿的火柴,永远也不能点燃成功的火焰。

许多人的失败在于,不是因为他们不能成功,而是因为他们不敢争取。信念,则是成功的基石,道理很简单:人们只有对他所从事的事业充满了必胜的信念(这种事业应该是建立在科学的基础上,能为大多数人带来幸福),才会采取相应的行动,才会成为相应行动的强者。

做一个永不屈服的强者

做一个强者,首先是做一个精神上的强者,一个坚忍不拔、威武不屈的人。

所谓斗志,是做自己命运主宰时,不朝秦暮楚,不被眼前的困难吓倒,不半途而废,不浅尝辄止,不功亏一篑。持之以恒是一种斗志,一种精神。

强者有些什么共同的条件?斗志!大多数强者只有平常的智慧和能力,可是他们在完成一项工作时,在遭受重大挫折时,在工作极其繁重时,却有超乎常人的耐心和毅力。如果你有这种品质并能加以培养,那么你一定能找到最适合的工作,并在其中出人头地,成为强者。

任何人在向理想目标挺进的过程中,都难免会遇到各种阻力和重重困难,在这种情况下斗志是最难能可贵的。斗志是一种毅力,一种精神。世界上没有任何东西能够代替斗志。才干不能,有才干的失败者多如过江之鲫;天才不能,“天才无报偿”已成为一句俗话。唯有斗志才能征服一切。

在我们刚上学的时候,教师就告诉我们:坚持就是胜利。教师还用很多的例子教诲我们,其中一个最显著的例子就是一个挖井人,他一连挖了几口井,都不能坚持到底,到一半便放弃了,他说:这口井没有水。其实水就在下面,挖井人只是没有坚强的斗志罢了。

生命就是一场马拉松竞赛,最大的敌人不是别人,而是你自己,你在向事业迈进的旅程中,唯有靠持之不移的恒心,持续不断的斗志,才能成为一个真正的强者。

如果通往成功的电梯出了故障,请你走楼梯,一步一步来。只要还有楼梯,或是任何梯子,通往你想去的地方,电梯有没有故障都是无关紧要的事了,重要的是你不断地一步一步往上爬。

斗志是有代价的。当你在向目标挺进的时候,千万别被别人嘲弄的声音、讽刺的话语、卑鄙的评论所吓倒,你只有蒙起你的耳朵,别去理睬他们,继续前进。

假使你在途中遇上了麻烦或阻碍,你就去面对它、解决它,然后再继续前进,这样问题才不会越积越多。同时当你解决了一个问题,其他问题有时也自动消失了。时间能消除许多问题,你只有坚持到底,一个一个来,不要操之过急,也不要全都放弃。

很快地,你就会发现自己有了很大的转变,干劲增强了,自信心也提高了,你会感到一种前所未有的快活。你的工作也比过去做得更多更好,你的人际关系也朝着好的方向转变。

你在前进的时候,千万别对自己说"不",因为"不"也许导致你意志力的动摇,放弃你的目标,从而返回起点,前功尽弃。

就是由于斗志的支持,才能使得安妮·苏莉文教导又聋又盲的海伦进入她所看不见也听不见的世界。而激励克得林发明自动引擎的也是斗志。

斗志使得爱迪生回到他的制图板和电灯下,继续工作直到完成为止。他一次又一次试验,只为了找出适当的灯丝材料。如果爱迪生放弃了他的工作,那么现在你只有在煤油灯下去看书写字了。

斗志也使得一个银幕上最富才华的女演员——蓓蒂·戴维斯,在向制作人争取角色的奋战中不断前进。同时,在她奋战不懈的时候,她是在为所有畏缩胆小的制作人员或为被导演压迫的演员而战。

斗志总是有代价的,总是有价值的。

你在奋斗时需要有耐心,有斗志,成功就在眼前。

一切都由你自己的斗志去实现。

坚持不懈，就是"韧"，就是顽强的毅力。有斗志这不仅是希望学有所成的人必须具有的精神，也是干一切事情所应有的科学态度。伟大的生物学家达尔文就说过："我所完成的任何科学工作，都是通过长期的考虑、忍耐和勤奋得来的。"

是的，纵观古今历史，凡是取得巨大成就的人，都是和达尔文一样勇于坚持到底、有恒心、有斗志的强者。

马克思用四十年的时间，在大英博物馆"啃"书本，把博物馆里的水泥都磨出了一个洞，写出给人类历史带来新世纪曙光的《资本论》；华人丁肇中、杨振宁博士坚持恒河沙数的原子轰击实验，终于发现了J粒子，使宇宙不守恒定律在实验上得以成立。他们的成功雄辩地说明：只要具备了排难而进、坚持到底的斗志，无论办什么事情都能取得成功。否则，半途而废，则会功败垂成。

德国科学家席勒在研究X射线即将看到曙光时，失去信心，罢手却步，遂将成功的喜悦轻易地送给了伦琴；牛顿晚年故步自封，缺乏斗志，坚持机械观点，以致一事无成。

坚持到底就是胜利。但真正做到坚持到底并不容易，人在奋斗的过程中，由于条件有限，必然困难重重，也会有种种干扰。这些困难、干扰就像一座座山横在我们前进的道路上。是望山止步，还是翻山而行?19世纪英国作家福楼拜说得好："顽强的斗志可以征服世界上任何一座高峰。"不错，只要拿出顽强的斗志，持之以恒，坚持到底，事业的成功便成为一种必然。

生活常常这样：在你向目标挺进的过程中，突如其来的打击，一次又一次的失败，莫名的痛苦和烦恼……像影子一样时不时地跟着你，很难彻底摆脱。于是，人们便有了勇敢和懦弱、坚定和犹豫、洒脱和痴迷、勤奋和懒惰、廉洁和贪欲之分—— 一句话，有了强弱之别，有了坚持到底和中途沉迷的差异。

事实上，许多人在生活中不能扮演强者的角色。

然而，“物竞天择，适者生存”(大自然如此，人类社会也莫能例外)。在充满竞争的现代社会里，人人都希望自己是一个强者。

更何况，每个人的内心都有一股与生俱来的力量，推动自己生活得成功——力争上游、渴望成功和追求幸福是人的天性。

做一个强者，首先是做一个精神上的强者，一个坚忍不拔、威武不屈的人。世间不存在人无法克服的艰难和困苦，在你面临绝境行将没顶时，在你气喘吁吁甚至筋疲力尽时，你只要再坚持一下，奋力拼搏一下，困难就会被你征服了，你就坚强了许多。

剑桥教授指出：人在许多场合下都会出现体力不济甚至完全耗尽的情况，可是坚定的信心、顽强的斗志、不倒的精神会神奇地在你的身上激发起新的体力，促使你走向目标。

只会默默地承受苦难不是强者的行为。一味地打退堂鼓，再找几条适当的理由安慰自己、开脱自己，恰恰是斗志薄弱的表现。

“人生没有免费的午餐。”保持你力争上游的天性，持之以恒的韧性，出力出汗甚至付出血的代价，也要去实现目标，这便是人的骄傲。

永不屈服的斗志，是强者之道，一切荣耀与光彩最后都属于此!

困难和阻碍是强者的天赐恩人

有许多人一生的伟大，都从他们的困难中得来。困难和阻碍往往是成就人、造就人的恩师。

每个人都渴望能够经营自己的强项，这是由于有成功的欲望。要解决这个问题，首先必须面对人生的负面——成功的阻碍。

困难是人生面对的一个阻碍，同时又是强者的恩人，有了困难，才能淘汰竞争者，而使强者得到胜利。

艾文·班·库柏是美国最受尊敬的法官之一，但他小时候却曾是个懦弱的孩子。

班住在密苏里一个叫圣约瑟的贫民窟似的地方。他父亲是个移民，依靠做裁缝的微薄收入为生，常常难得一饱。

为了使他们不小的家能够取暖，班经常提着装煤的篮子到附近的铁轨上去捡煤炭。他觉得这样做很难为情，总是偷偷地从后街走，免得上学的小孩子看到他。

可他们偏偏经常看到他。其中有一些孩子总爱躲在他从铁路回家的路旁打他一顿，把他的煤炭撒得到处都是，让他泪眼汪汪地回家，因此他几乎生活在一种无穷的恐惧和自卑的环境中。

后来情况有了转机。班因为看了一本书，得到了莫大的启发，因此开始积极反抗。这本书名叫《罗伯·柯维德的奋斗》。

班在那本书里看到一个跟他一样的少年的冒险故事，这个少年也面临许多不平，却凭着勇气和道德力量一一克服，班希望自己也有这种勇气和毅力。

当他读完这本书几个月以后，他又走到铁轨那里，远远地看到三个人影冲到一幢建筑物的后面，他第一个念头便是拔腿就跑，但又想到书中主角的勇气，于是不但不转身，反而紧紧抓着装煤的篮子一直往前走，仿佛他是书中的英雄似的。

这是一场硬仗，3 个人同时扑过来，他的篮子掉到地上，他挥挥手臂，准备开打，他那副坚决的模样，使那些坏小孩大吃一惊。班用右手一拳打在一个人的嘴唇和鼻子上，左手又打在他的腹部。出人意料的是，这小子居然停下手来，掉头就跑了，而对另外两个，班先推开其中一个，再把第二个打倒。然后跪在他身上，拳头像雨点似的揍他的下巴。现在只剩一个了，他是孩子头，已经跳到班的身上，班用力把他推到一边，站起身来。大约有几秒钟，两个人就这么面对面站着，狠狠瞪着对方，互不相让。

后来，这个小头头一点一点地退后，然后拔腿就跑，班也许基于一时气愤，又拾起一块煤炭朝他扔了过去。

班这时才发现鼻子挂了彩，身上也青一块、紫一块。这一仗打得真好。这是班一生中重要的一天，那一天他已经克服一切恐惧。

班·库柏并不比过去强壮多少，那些坏小孩的凶悍也没有收敛多少，不同的是他的心态已经有了改变。他已经学会克服恐惧、不怕危险，再也不受别人欺负。

从现在开始，他要改变自己的环境，他果然做到了。

斯巴群说："有许多人一生的伟大，都从他们的困难中得来。"

有许多人，因为一生中没有常同"阻碍"搏斗的机会，而又没有充分的"困难"足以刺激起其内在的潜伏能力，于是默默无闻，真是可惜。

阻碍不是我们的仇敌，而是恩人，它能锻炼我们"战胜阻碍"的种种能力。森林中的大树，要不曾同暴风猛雨搏斗过千百回，树干就不能长得十分结实。同样，人不遭遇种种阻碍，他的人格、本领是不会得到提高的。所以一切的磨难、忧苦与悲哀，都是足以锻炼我们的。

自然往往给予人一分困难时，也添给人一分智力！有些成功人士虽身在困境之中，却完成了他们的伟大。

《鲁滨孙漂流记》是笛福在监狱写成的；《天路历程》是在彼特福特监狱中出现的；拉莱在他 13 年的幽囚生活中，写成了他的《世界历史》；路德幽囚在瓦特堡的时候，把《圣经》译成了德文；但丁被宣告死刑，而度过 20 年放逐生活，他的作品是在这时期中完成的。

贝多芬在两耳失聪，生活最悲痛的时候，写成他最伟大的乐曲。席勒被病魔缠扰 15 年，他最有价值的书，也就是在这个时期中写成的。弥尔敦在双目失明、贫病交迫的时候，写下他的名著。所以宁彭扬甚至于说："假使那正当的话，我宁愿祈祷着更多的忧患的到来，为了要得到更多的幸福。"

一个大无畏的人，愈为环境所困，反而愈加奋勇，不战栗，不逡巡，胸膛直挺，意志坚定，敢于对付任何困难，轻视任何厄运，嘲笑任何阻碍。因为忧患、困苦，不损他毫末，反足以加强他的意志、力量与品格，而使他成为人上之人——这真是世间最可敬佩、最可羡慕的一种人物了。"困难和阻碍"不能阻挡这种人成为强者而拥有锦绣前程！

强者的命运自己主宰

要做一个成功者，首先应该对自己负责，自己主宰自己的命运。

哲人提醒那些把自己托付或交给他人的人，如果你的一切都听别人的意见，有人会高兴，但是高兴的不会是你。

有个锁住自己的故事，说的是有个人特别管不好自己的钥匙，不是弄丢了，就是忘了带，要不就是把自己反锁进门里边。他的301办公室就他一人，老是撬门也不是个办法，配钥匙时便多配了一把，放在302办公室。这下无忧无虑了好些时日。有一天他又没带钥匙，恰好302室的人都出去办事了，又吃了闭门羹，于是他在303室也放了钥匙。外边存放的钥匙越多，他自己的钥匙也就管得越来越松懈，为保险起见，他干脆在304、305、306……都存放了钥匙，多多益善。最后就变成这样，有时候，他的办公室，所有的人都进得去，只有他进不去，所有的人手中都有钥匙，只有他的钥匙无处可寻。

到这时，他那扇门锁住的，就只是他自己。

这个故事很耐人寻味。在现实生活中放弃自己的权利，让别人的意志来决定自己生活的人实在不少。他们把自己上学、择业、婚姻……统统托付或交给他人，失去了自我追求、自我信仰，也就失去了自由，最后变成了一个毫无价值的人。人生最大的损失，莫过于失掉自信。

还有一个故事，说的是一位画家把自己的一幅佳作，送到画廊里展出，他别出心裁地放了一支笔，并附言："观赏者如果认为这画有欠佳之处，请在画上做上记号。"结果画面上标满了记号，几乎没有一处不被指责。过了几日，这位画家又画了一张同样的画拿去展出，不过这次附言与上次不同，他请每位观赏者将他们最为欣赏的妙笔都标上记号。当他再取回画时，看到画面又被涂满了记号，原先被指责的地方，却都换上了赞美的标记。

这位画家不受他人的操纵，充满了自信。正像林润翰先生所言，他"自信而不自满，善听意见却不被其所左右，执着却不偏执"。

上面两个故事里的主人公，他们的所作所为，反映了两种不同的思维方式，两种不同的心态和两种不同的结果，前者是弱者的思维方式，自卑的心态，必然会产生可悲的结果。后者是强者的思维方式，充满自信的心态，必然会产生成功的结果。

爱迪生曾经试用过1200种不同的材料做白炽灯泡的灯丝，都没有成功。有人批评他："你已经失败了1200次了。"可是爱迪生不这么认为，他充满自信地说："我的成功就在于发现了1200种材料不适合做灯丝。"如果我们遇事都能这样想，采用这种积极的思维方式，哪里还会有烦恼，哪里还会有懦弱?

为什么会产生不如人的心态和感觉呢?是因为有些人常常不用自己的"尺度"来判断和评价自己，而喜欢用别人的"标准"来衡量自己。说白了，就是喜欢拿自己与他人相比较，尤其喜欢拿别人的优点、长处与自己的缺点和短处相比较。原本这些不一样的东西，是不能进行比较的，越比较，就越会产生懦弱。这些简单、明显的道理，只要你相信它，接受它，你就会遇事掌握正确的思维方式，保持良好的心态，摒弃懦弱，找回自信，学会由自己支配自己，由自己去安排自己的生活，由自己去计划自己的人生。不要把自己的命运交给任何人，要做一个成功者，首先应该对自己负责，自己主宰自己的命运。

为伟大的母爱塑一尊铜像

一名年轻的妈妈双手怀抱着一个三四个月大的婴儿蜷缩在地震后的废墟中，她低着头，上衣向上掀起，已经失去了呼吸，怀里的女婴依然惬意地含着母亲的乳头，吮吸着，红扑扑的小脸与母亲沾满灰尘的双乳形成了鲜明的对比。

正如在现场参与救援的志愿者、妇产科医生龚晋所推测："从母亲抱孩子的姿势可以看出，她是很刻意地在保护自己的孩子，或许就是在临死前，她把乳头放进了女儿的嘴里。"这位母亲或许意识到自己可能生存渺茫，但她一定具有一个无比坚定的信念，就是一定要让孩子获得继续生存的机会。而也正是在这样一种无比强大的信念支撑下，她才拼尽全力，将自己仅剩的些许生存能量，源源不断地输送给自己的至亲骨肉，让自己的生命通过女儿得到延续与再生。

其实，除了这位母亲之外，这些天来，母爱、父爱震惊世人的场景还有许多。有父母早已双亡，但却护卫着身下的孩子；有粉身碎骨的父亲顶起巨梁，为自己的孩子支撑起狭小的生存空间；有父亲经过三天三夜徒手刨挖让孩子重见阳光……这些父母以自己的表现乃至生命为代价，再一次证实了母爱与父爱是世界上最伟大的爱这一只要人类存在就颠扑不破的真理。

这种伟大的母爱、父爱，在这场突如其来的巨大灾难面前，不仅仅表现在具有血缘关系的父母与儿女之间。有不少人民教师为了救助自己的学生献出了宝贵的生命，成千上万的救灾人员为救助埋在废墟下的孩子拼尽全力，有的甚至英勇牺牲。这些人民教师、救灾人员，他们何尝不是将埋在废墟里的孩子当作自己的孩子对待，何尝不是因为抱有这样一种心态才迸发出伟大的力量，他们何尝不是埋在废墟里等待救援的孩子的父亲、母亲们！在他们身上体现出来的，何尝不是犹如父爱、母爱那般无私与博大的爱！这种爱足以穿透特大灾难带给人们的一切阴霾！

震撼于此次灾难中显现出来的伟大的父爱与母爱，笔者希冀能在救灾行动全面结束之后，以废墟下死去的母亲依然在为女儿喂奶的场景为原型，浇铸一尊与实体等大的铜像，摆放在已经重建家园的灾区。这不仅是为了记住这场灾害带给中国人民的巨大苦难，更是为了纪念灾难中做出巨大牺牲的父亲、母亲们，以及迸发出犹如父亲与母亲一般博大的爱的人民教师与救援人员，让后人永远缅怀将生的希望让给孩子与他人的伟大的人格与崇高品德，并让这样一种献身精神成为中国人民战胜任何艰难险阻永不衰竭的精神力量之源！

请把我埋得浅一些

二战时期，在一座纳粹集中营里关押着很多犹太人，他们大多是妇女和儿童。他们遭受着纳粹无情的折磨和杀害，死神逼近每一个人，人数在不断减少。

有一个天真活泼的小女孩和她的母亲一起被关押在集中营里。一天，她的母亲和另一些妇女被纳粹士兵带走了，从此，再也没有回到她的身边。人们知道，她们肯定是被杀害了。因为每天都有人被杀害，死亡的阴影笼罩着每一个人，人们谁也不知道自己是否能活到第二天。但当小女孩问大人们她的妈妈哪里去了，为什么这么久了还不回来时，大人们沉默地流着泪，后来实在不能不回答时，就对小女孩说，你的妈妈去寻找你的爸爸了，不久就会回来的。小女孩相信了，她不再哭泣和询问，而是唱起妈妈教给她的许多儿歌，一首接一首地唱着，像清风一样在阴郁的集中营里吹拂。她还不时爬上囚室的小窗，向外张望着，希望看到妈妈从远处走来。

小女孩没有等到妈妈回来，就在一天清晨，纳粹士兵用刺刀驱赶着，将她和数万名犹太人逼上了刑场。刑场上早就挖好了很大的深坑，他们将一起被活活埋葬在这里。人们沉默着，死亡是如此真实地迫近着每一条生命。面对死亡，人们在恐惧中发不出任何声音。

人们一个接一个地被纳粹士兵无情地推下深坑。当一个纳粹士兵走到一个小女孩跟前，伸手要将她推进深坑中去的时候，小女孩睁大漂亮的眼睛对纳粹士兵说:“叔叔,请你把我埋得浅一点好吗?要不,等我妈妈回来找我的时候,就找不到了。”纳粹士兵伸出的手僵在那里,刑场上顿时响起一片抽泣声,在这片抽泣声后又是一阵愤怒的呐喊。

人们最后谁也没能逃出纳粹的魔掌。但小女孩纯真无邪的话语却刺痛了每个人的心,让人们在死亡之前找回了人性的尊严和力量。

勇敢的斯巴达人

波斯王薛西斯一世率领强大的军队从东边向希腊进军，他们沿着海岸行进，几天之后就会到达希腊。希腊由此而陷入危险之中。希腊人下定决心抵抗入侵者，保卫他们的民众和自由。

波斯军队只有一个途径可以从东边进入希腊，那就是经由一个山和海之间的狭窄通道——瑟摩皮雷隘口。

守卫这个隘口的是斯巴达人——里欧尼达斯，他只有几千名士兵。波斯的军队比他们强大许多，但是他们充满信心。经过两天的攻击后，里欧尼达斯仍然守住隘口。但是那天晚上，一个希腊人出卖了一个秘密：隘口不是唯一的通路。有一条长而弯曲的猎人小径可以通到山脊上的一条小路。

叛徒的计划得逞了。守卫秘密小径的人受到袭击，并且被击败了。几个士兵及时逃出去报告里欧尼达斯。

面对如此严峻的形势，里欧尼达斯以大无畏的勇气制订了作战计划：他命令他大部分的军队，偷偷从山里回到需要他们保护的城市，只留下他的三百名斯巴达皇家卫兵保卫隘口。波斯人攻来了，斯巴达人坚守隘口，但是他们一个接一个倒下去了。当他们的矛断裂时，他们肩并肩站着，以他们的剑、匕首或拳头和敌人作战。

一整天，所有的斯巴达人都被杀死了，在他们原来站立的地方只有一堆尸体，而尸体上竖立着矛和剑。

薛西斯一世攻下了隘口，但是耽搁了数天。这数天让他付出了极为惨重的代价。希腊海军得以聚集起来，而且不久之后，他们便将薛西斯一世赶回亚洲了。

许多年后，希腊人在瑟摩皮雷隘口竖起了一座纪念碑，碑上刻着这些斯巴达人勇敢保卫他们家园的纪念文：

“旅行者，先不要赶路，驻足追念斯巴达人，在此，如何奋战到最后。”

斯巴达人也因其勇敢的行为举动，而永远成为了勇气的代名词。

生命最后一刻的微笑

非洲的一座火山爆发后，随之而来的泥石流狂泻而下，迅速流向坐落在山脚下不远处的一个小村庄。农舍良田树木，一切的一切都没有躲过被冲毁的劫难。

滚滚而来的泥石流惊醒了睡梦中的一个14岁的小女孩。流进屋内的泥石流已上升到她的颈部。小女孩只露出双臂、颈和头部。及时赶来的营救人员围着她一筹莫展。因为对遍体鳞伤的她来讲，每一次拉扯无疑都是一种更大的肉体伤害。此刻房屋早已倒塌，她的双亲也被泥石流夺去了生命，她是村里为数不多的幸存者之一。

当记者把摄像机对准她时，她始终没叫一个疼字，而是咬着牙微笑着，不停地向营救人员挥手致谢，两手做出表示胜利的V字形。她坚信政府派来的救援部队一定能救她。可是，营救人员倾尽全力，也没能从固若金汤的泥石流中救出她来。小女孩始终微笑着，挥着手，一点一点地被泥石流淹没。

在生命的最后一刻，她脸上洋溢着微笑，而且手臂一直保持着V字形，那一刻仿佛一个世纪，在场的人含泪目睹了这庄严而又悲惨的一幕。世界静极，只见灵魂独舞。

盲人登山队

一群人穿着鲜艳的登山服，在皑皑积雪的安第斯山间艰难地行进着。很少见到这样大规模的探险队伍，原来这是南美洲委内瑞拉的盲人们，希望实现登山的梦想，正在崎岖不平的道路上攀登。

这真是一次悲壮之旅，完全以生命为代价，走出每一步路，度过每一分钟，任何人看到这个画面，都不由得肃然起敬。

因为，他们活了一辈子，却从来没有去接触、去实地感受过这座对他们来讲充满神圣意义的安第斯山，不能不说是一种遗憾。于是，就有了这次行程。盲人们每三个人结成一组，一个仍残存些许视力的盲人走在前面，两个全盲者在后边，他们三人通过手里握着的长木棒，联结成为一个整体，通过脚和手，实地感觉这座大山。

安第斯山脉平均海拔为三千米，最高峰为海拔七千米，对正常的登山运动员来说，也是一次体能的极限考验。虽然有很多志愿者做后援，即使在可以使用驴子驮物的山路上，盲人们也是步履维艰，行进缓慢。那么，他们要想攀上最高峰，该是比登天还要难的事情。这支盲人登山队在短短的行程中，已经有好几位上了岁数的盲人，在风雪弥漫的夜间宿营，一觉睡去，再也醒不过来，不幸将生命留在了安第斯山。于是，组织者便决定后撤，将登山计划放置到未来更合适的机会，做更充分的准备以后再进行。一些走得兴起的盲人登山队员，不免有些失望，最后，他们还是想开了，无论如何，他们开始了行程，尽管离峰巅还远，但是，终究迈出了第一步，是结结实实地在安第斯山上的一步，是纸面上的计划化为现实的一步，于是，他们对记者说："山永远在，我们还会来的。"

探险队中的幸存者

一次，一支探险队在考察溶洞时，5 人被困洞中。他们尝试了各种逃生的方法，都失败了。洞外救援工作正在紧张进行，但估计需十余日方能打通。而此时他们的干粮、水都已用尽，无法维持到救援成功的时刻。

饥饿、恐惧、绝望……就像这洞中的黑暗团团包围了他们。他们将身边能吃的东西，如皮带、皮鞋、衣料，甚至洞中的土等都弄来吃了。再也没有其他可吃的东西，他们只好偎依在一起，相互安慰着。死亡正一步步向他们逼近。

队长詹尼福是个年轻的小伙子，他年轻、能干、活泼，大学毕业后来到探险队，被大伙推选为队长。

大伙奄奄一息，如果救援不及时，5 人将面临死亡。面对这种无奈局面，詹尼福左思右想，终于做出了一个痛苦决定：与其大伙同归于尽，不如牺牲自己，维持他们的生命。此刻他想得最多的是帕娅，一位美丽的姑娘。他们相爱已多年，如果他死去，帕娅将悲痛欲绝。然而，他除了牺牲自己救队友已别无选择。

当詹尼福准备把这个决定说出来时，他忽然有一个想法，想考验一下 4 位队友，看谁能为了别人，甘愿牺牲自己。

于是他对队友们说："我们必须牺牲一人用他的血肉来维持其他队友的生命。不然……你们谁愿意牺牲自己，奉献出躯体?你们谁愿意……"

他听不到一点儿声音，死一般寂静。他打亮了火机，看到的是队友们一张张恐惧的脸。

明天，詹尼福决定自杀，自己的血肉能供队友将生命维持到后天或更长时间，等救援队的到来。詹尼福为自己高尚的决定感到振奋。

这一夜，他睡得很香，梦中帕娅给他端来了牛奶、面包。睁开眼，他第一个看到的是帕娅，仿佛是在医院里，一位医生后面站着两名年轻的护士。

“詹尼福，亲爱的!可吓死我了，你总算活过来了!”帕娅激动地吻着詹尼福。

原来，就在詹尼福决定自杀后睡着的那一夜——被困陷的第九天夜晚，救援队调集大量人力才打通了洞，但只有詹尼福活了下来。

其他 4 人因怕被队友们吃掉，手持石头做自卫状，在极度惊恐中死去。

优美舞者——邰丽华

邰丽华两岁那年,因高烧而失去了听力。但是她对世界充满了感恩,她觉得自己已经注定一生都要用身体的舞蹈和心中的音乐去膜拜生命。当你看到她那一个个优美的动作时,是否会发出一声惊叹?是否会觉得不可思议?但邰丽华却认为自己并没有达到舞蹈的顶峰,因为学是无止境的;但她却已经战胜了自己。

邰丽华小时候刚进聋哑学校时,一堂“律动课”对她后来从事舞蹈事业起了非常重要的作用。那天,老师踏响木地板上的象脚鼓,把震动传给站在地板上的学生,让孩子们由此知道什么是节奏。当同学们为脚下变化无穷的震动兴奋不已时,小丽华已全身匍匐在地板上,她指着自己的胸口告诉教师:“我喜欢!”她努力地感受不同的震动,娇小的身体随之摆动。她突然发现,这是一种属于她的语言。

在婀娜的舞姿背后,邰丽华付出了比常人多好几倍的辛苦。台上一分钟,台下十年功。她顽强的毅力让我们感动,让我们的心灵受到猛烈的撞击。她全身心地投入到她的舞蹈事业中,她将自己变成了一只旋转的陀螺,24 小时中除了基本的吃饭和睡觉时间,其他一切时间都是在舞蹈。找不准节拍再练,动作不对再改,一次又一次,爬起、摔倒、爬起……以致小腿上留下了一道又一道伤疤。

凭着执着的努力和极高的天赋,邰丽华在 15 岁时,就随中国残疾人艺术团出国演出了。在很多次舞蹈比赛中，评委们根本没有发现她是一位双耳失聪的残疾人。重新燃起的生命之火让邰丽华重新认识到存在的意义，她想像正常人一样生活，和他们一样去体验这个世界的丰富多彩。她爱上了舞蹈，虽然没有音乐，但是她用自己的心去演奏。她说过："残疾不是缺陷，而是人类多元化的特点。残疾不是不幸，而是不便。残疾人，也有生命的价值。愈是残缺，愈要美丽！"

从容就义

公元前399年，苏格拉底被控告有“渎神”罪。罪名有两点：一是“腐蚀青年”，二是“藐视城邦崇拜的诸神以及从事离奇古怪的宗教活动”。

苏格拉底受到了501人的陪审团的审讯，并仅以60票的多数被判处死刑。也许他们之中很少有人想到他真的会死，因为他有法律权利，可以要求从轻处置，并可要求重新进行投票表决。假如他依照惯例低声下气、痛哭流涕地苦苦哀求，有三十多位陪审员肯定会改变他们的态度。但他却表现得无所谓。他的弟子们来监狱看望他，怂恿他越狱逃跑。他却说：“我的信仰中有一条就是法律的权威。我常对你们说，一个好的公民就要遵守本市的法律。既然雅典的法律判处我死刑，合乎逻辑的结论就是，作为一个好公民，我必须去死。”他的朋友为他焦虑不安，认为他实在有些固执。于是他们争辩说：“这岂不是把逻辑扯得太远了吗？”然而，老人依然固执己见。

最后的时刻到来了，学生们聚集在他的身边，悲痛地看着敬爱的老师喝下那杯毒药。在日落西山之前，他亲自叫人去取毒药。当一个随从将毒药拿来时，苏格拉底用异常平静的语调对他说：“这种事你清楚，你要告诉我应该怎么做。”

随从告诉他：“你喝下毒药，然后站起来走动走动，直到你的腿感到沉重，然后再躺下，毒药的麻醉作用就会攻向你的心脏。”

苏格拉底审慎而冷静地照着随从的话去做。其间仅停顿了一下斥责他的学生，因为学生们都在抽泣和痛哭。

最后他想起，他还欠着别人一笔小小的债务。他把盖在脸上的布拿开说："克里托，我还欠亚斯克莱皮亚斯一只鸡钱——记住千万要还给他。"

随后他闭上了眼睛，重又将布盖在脸上。当克里托问他还有什么临终嘱咐时，他没有回答。

柏拉图用令人难忘的语言描述了苏格拉底死去的情景："我们的朋友就这样完了。他是我们所了解的人中最慈善、最正直、最有学识的人。"

伟大的爱国者

屈原是古代一位伟大的诗人，也是一位杰出的爱国者。他生在战国时期的楚国，家乡在现在湖北的秭归，离长江三峡不远。这里风景奇美，山影水声迷人动听，屈原非常热爱自己的故乡，热爱楚国。可是楚国统治者腐败无能，不图进取，使国力渐渐衰弱，百姓生活也很痛苦。屈原非常着急，来到都城劝楚王改革图强。不料他受到奸臣的陷害和攻击，一度信任他的楚王竟把他赶出都城，流放到了远方。

屈原一片爱国心不被人理解，难过极了。有人劝他："楚国既然不需要你，你何不到别国去，照样可以施展才能啊！"

屈原回答说："我爱我的楚国，为它的命运担忧，为百姓的痛苦伤心。明知自己的处境很危险，可是舍不得我的故土。我希望有一天还能为它出力。"

屈原写了许多诗来表达自己的爱国之情。他想象着自己乘着龙驾着象，在天空中翱翔，就要飞往远方，离开楚国，忽然回头看到了可爱的家乡，立刻停住了脚步。他的仆人哭了，连马也不肯再往前走。他又回到了楚国，并下决心：如果不能实现我的愿望，我就投江而死，用生命殉我的祖国！

不久，屈原怀着对楚国深深的眷恋，投入了汨罗江(在现在湖南)。他对楚国的爱也就是对中国的爱，对自己所属民族的爱。所以，全国人民至今还怀念他，每年端午节，人们划龙舟，吃粽子，就是为了纪念屈原这位伟大的爱国者。

一对登山的夫妇和他们的孩子

一对登山运动员夫妇,为庆祝儿子一周岁的生日,决定背着儿子,登上高达7000米的雪山。

他们选了一个好天气的日子,准备好一切后就踏上了征程。

刚刚开始登山时,天气很好,夫妇俩轻松地登上了5000米的高度。

就在他们休息完,准备再向上面爬的时候,意想不到的事发生了:一时间狂风大作,雪花飞舞,气温陡降至零下三四十摄氏度。最要命的是,由于他们相信天气预报是准确的,竟然忽略了携带至关重要的定位仪。

风势很大,能见度不到1米,向上爬还是下来,都意味着危险,甚至死亡。两人情急之中找到一个山洞,暂时躲避风雪。

气温继续下降,妻子怀中的孩子被冻得嘴唇发紫,而在这时,孩子已经饿了,想要吃奶!

可是在低温的环境下,裸露在外的皮肤会导致体温的迅速降低,时间长一些就会有生命危险。孩子的哭声越来越弱,他很快就会因为缺少食物而饥寒至死。

丈夫拒绝了妻子喂奶的要求,他不能眼睁睁地看着妻子被冻死。但是如果不给孩子喂奶,孩子会很快死去。妻子哀求丈夫:“就喂一次!”丈夫把妻子和儿子揽在怀中,这样好保护自己的妻子。喂过一次奶的妻子体温下降,体能受到了严重损耗。

缺少定位仪，风雪中的救援人员根本找不到他们的位置，风如果再不停的话，他们就没有获救的希望了。

时间在一分一秒地流逝，孩子需要一次又一次地喂奶，妻子的体温在一次又一次地下降。在这个风雪狂舞的高山上，妻子重复着喂奶动作，她的生命在一次又一次的喂奶中消逝。

三天之后，当救援人员赶到时，丈夫已经被冻得昏倒在地，而他的妻子——那位伟大的母亲已被冻成一尊雕塑，但她依然保持着喂奶的姿势；而她用生命哺育的孩子正在丈夫怀里安然地睡着。

42个硬汉

2008年5月12日，成都空军雷达某部官兵执行任务途经汶川与理县之间时，突遇地震灾害。42名官兵立即兵分几路，疏通道路，转移安置附近300多名村民。泥石流从山上不断滚落，他们冒着生命危险抢修道路。到达理县后，他们迅速向指挥部报告，请求任务。

从5月12日到现在，他们已经参加各类救援活动数十次，深入4个乡镇的村寨抢救疏散村民500多人，不分昼夜、连续作战，被灾区干部群众亲切地称为“42个硬汉”。

团长张肇荣介绍，刚进城时，部队就约法三章，一是不去街上购买食品，二是遇见艰难任务党员干部先上，三是一天的干粮分成两天吃，不在灾区补充给养。如果村民缺粮时，要把自己的干粮给他们。

随着救援速度的加快，理县需要救治的村民数量也迅速增多。5月16日，部队接到指挥部命令，平整土地搭建临时帐篷医疗点。20多名官兵从早晨干到晚上，清理平整土地1000多平方米。

医疗点的护士见战士们一天没吃没喝，就送来了矿泉水和牛奶，但战士们谁也没有喝。

一名护士跑到大街上找了很久，才买回一盘樱桃，洗干净后逐一送给战士吃，但战士们都不吃。护士急了，找到了指导员赵建强说：“你下个命令，让他们每人吃一个!”赵建强望着满脸疲惫的战士说：“每人吃一个吧!”

但还是没有人动。

雷达工程师张彬说，灾区水果这么珍贵，送给受伤群众吃吧!于是战士们把樱桃端进了帐篷。但一个伤员很快又端了出来："医生护士为了我们整天工作，把水果送给他们吃吧!""我们不累，战士们一天没吃东西了，还是给他们吃吧!"护士再次把樱桃端给了战士……

这一幕，像极了电影《上甘岭》中的情节。赵建强说："大家互相让着。直到我们完成任务撤离时，也没有人舍得吃一颗，看着那盘樱桃，很多护士的眼里都含着泪水。"

永远的百合花

平静的加利福尼亚海湾褪去了先前的浮躁和凶猛，海面上波澜不惊，这异常沉寂的氛围给人一种无比的压抑之感。只是水面上漂浮着的许多白色的花朵，才给这沉寂压抑的环境带来了些许亮色和温暖。这些天来，大海中漂泊着一束束百合花，每天都有很多人来到海边上撒落花朵，他们什么话也不说，只是静静地望着这些圣洁的百合花发呆。人群中有一位身材高挑，长着碧眼金发的女郎，她美丽而忧伤的眼睛中满蓄着泪水。她是“雅典娜”号沉船上22位幸存者中的两位女性之一。

她的名字叫玛丽·莲，来自意大利，她非常喜欢美国，是个典型的美国通。她是独自一人去加州游玩的，当警铃第一次拉响时，玛丽·莲吓坏了。她平生头一次乘船在大海上游玩，根本不知道怎么穿救生衣。面对茫茫无边的大海和汹涌澎湃的巨浪，玛丽·莲吓蒙了，泪水止不住地从她美丽的面庞上滑落下来。这时有两位美国男子走过来，帮她穿上了救生衣。

玛丽·莲看到轮船的通道上乱作一团，立即清楚了事情的严重性。她手足无措地向人群跑去，男人们都主动让出了一条道，让妇女、儿童和老人先上甲板。经过数小时的挣扎，“雅典娜”号终于淹没在巨浪滔天的大海中，海水一下子把船舱浸没了。同舱的几名男子用头颅、手脚等各种手段，终于击碎了钢化玻璃，第一个逃出船舱的是玛丽·莲——男人们再一次把生的希望留给了她。

出了船舱后，玛丽·莲也只能在大海中任凭狂涛巨浪摆布。突然，她看见一条橡皮救生筏，上面已经坐着一位老人，老人向她伸出了援助之手，她费了九牛二虎之力也未能爬上救生筏。此时一个巨浪扑来，一名男子被卷到了玛丽·莲的身边，那位男子毫不犹豫地把她推上了救生筏，而当玛丽·莲向这位男子伸手时，他却被巨浪卷入了海底，再也找不到一点痕迹……

玛丽·莲被惊呆了，那位老人更是热泪四溅。筏子依然在怒涛之巅摇荡，玛丽·莲放声痛哭起来，老人抚摩着她的头说："孩子，不要怕！无论结局如何，我都会尽力帮助你，因为你还年轻，你一定要努力活下去，而我已经一大把年纪了。"玛丽·莲止住了哭声。这时，海面上已有了一丝波澜。猛然间，一个巨浪将筏子打翻，玛丽·莲死死抓住筏绳，而那位老人转眼间就消失在大海的深渊之中。

玛丽·莲已自顾不及，她不会游泳，但曾经看过自救的电影，于是她用两根指头塞住鼻孔，拼命地用嘴吸气，以防海水灌进鼻子把自己呛死。

过了很久，玛丽·莲发现自己和筏子已靠近了海岸，岸边的波涛也异常凶猛，有人想拉她但没能拉住，她被反弹离开了海岸。危急中，她赶忙解开筏绳，一阵海浪扑来将她送到了岸上。这时，一个渔民用棉衣包住了她，她终于摆脱了死神的纠缠，幸运地活了下来。可是与她同舟共济的280位同胞却永远地消逝在大海的深渊之中！

废墟上的奇迹

在土耳其旅游途中，巴士行经1999年大地震的地方，导游讲述了一个感人却也感伤的故事。

地震后，许多房子都倒塌了，各国来的救援人员不断搜寻着可能的生还者。两天后，他们在缝隙中看到一幕不可置信的画面——

一位母亲用手撑地，背上顶着不知有多重的石块，一看到救难人员便拼命哭喊着："快点救我的女儿，我已经撑了两天，我快撑不下去了……"

她七岁的小女儿，就躺在她用手撑起的安全空间里。

救难人员大惊，卖力地搬移在上面、周围的石块，希望尽快解救这对母女，但是石块那么多、那么重，怎么也无法快速到达她们身边。

媒体到这儿拍下画面，救难人员一边哭、一边挖，辛苦的母亲苦撑等待着……

透过电视、透过报纸，土耳其人都心酸地掉下泪来。

更多的人，放下手边的工作投入救援行动。

救援行动从白天进行到深夜，终于，一名高大的救难人员够着了小女儿，将她拉出来，但是……她已气绝多时。

母亲急切地问："我的女儿还活着吗？"

以为女儿还活着，是她苦撑两天的唯一理由和希望。

这名救难人员终于受不了，放声大哭："对，她还活着，我们现在要把她送到医院急救，然后也要把你送过去!”

他知道，如果母亲听到女儿已死去，必定失去求生意志，松手让土石压死自己，所以骗了她。母亲疲累地笑了，随后，她也被救出送到医院，她的双手一度僵直无法弯曲。

隔天，土耳其报纸头条是一幅她用手撑地的照片，标题“这就是母爱”。

长得壮硕的导游说：“我是个不轻易动感情的人，但是看到这篇报道，我哭了。以后每次带团经过这儿，我都会讲这个故事。”

一切都能挺过去

辛·吉尼普的父亲生重病的时候已经是六十岁了，仗着他曾经是俄亥俄州的拳击冠军,有着硬朗的身子,才一直挺了过来。

那天,吃罢晚饭,父亲把他们召到病榻前。他一阵接一阵地咳嗽,脸色苍白。他艰难地扫了每个人一眼,缓缓地说:“那是在一次全州冠军对抗赛上,对手是个人高马大的黑人拳击手,而我个子矮小,一次次被对方击倒,牙齿也出血了。休息时,教练鼓励我说:‘辛,你不痛,你能挺到第十二局!’我也说:‘不痛。我一定能挺过去!’我感到自己的身子像一块石头、像一块钢板,对手的拳头击打在我身上发出空洞的声音。跌倒了又爬起来,爬起来又被击倒了,但我终于熬到了第十二局。对手战栗了,我开始了反攻,我是用我的意志在击打,长拳、勾拳,又一记重拳,我的血同他的血混在一起。眼前有无数个影子在晃,我对准中间的那一个狠命地打去……他倒下了,而我终于挺过来了。哦,那是我唯一的一枚金牌。”

说话间,他又咳嗽起来,额上汗珠晶晶而下。他紧握着吉尼普的手,苦涩地一笑:“不要紧,才一点点痛,我能挺过去的。”

第二天,父亲就咳血而亡了。那段日子,正碰上全美经济危机,吉尼普的妈妈失业了,经济拮据。父亲又患上了肺结核,因为没有钱,请不来大夫医治,只好一直拖到死。

父亲死后,家里境况更加艰难。吉尼普每天要去上学,他的妈妈天天跑出去找工作，晚上回来，可妈妈工作的事情一直没有着落。但他们并不气馁，互相鼓励说："不要紧，我们会挺过去的。"

终于，他们度过那段苦难的日子。吉尼普最终完成了自己的学业，后来找到一份非常好的工作。现在，当他们一家人坐在餐桌旁静静地吃着晚餐的时候，他们总要想到父亲，想到父亲的那句话。

一次生死攸关的自我拯救手术

埃利亚恩·波特沃斯是黎巴嫩首都贝鲁特一家医院的一名外科医生。他医术高明，做过很多成功的手术，挽救了无数人的生命，但他做梦也未曾想到，有一天，他要为自己做手术，而且是一次生死攸关的拯救自己生命的手术。

2005 年 4 月的一天，35 岁的波特沃斯正在他那位于郊区的房子里休假，那天只有他一个人在家，他的 3 个孩子都上学去了，妻子也在城里上班。

上午 9 点多钟，他突然感到下腹部隐隐作痛，一开始他并不在意，可疼痛的感觉却越来越强烈，凭着自己丰富的医学经验，他知道一定是阑尾炎发作了。

最近的医院离波特沃斯的家大约有 20 公里，这个城市急救系统向来行动缓慢。等到急救车来到他家再将他送到医院，不知要花费多少时间，与其求救，还不如自己驾车去医院，于是，他吃了几片止痛药，来到车库，启动汽车上路了。

汽车在通往城区的公路上疾驶，波特沃斯强忍着剧痛，全神贯注地掌握着方向盘，实在疼痛难忍时，他便一只手握紧方向盘，一只手按着下腹部，他将油门踩到最大，快速超过了一辆又一辆车。

然而，一件意想不到的事出现了，当汽车距离医院还有 6 公里时，交通突然堵塞了。

一分钟过去了，两分钟过去了，整整半个小时过去了，车流依然没有一点移动的迹象，波特沃斯感到自己已经快要支持不住了，下腹部一阵阵痉挛般地剧痛，豆大的汗珠顺着脸颊滑落下来。突然，他感到下腹部仿佛有一根烧红的铁棒塞在那儿，这名经验丰富的外科医生知道，因感染而膨胀的阑尾现在已经到了极限，随时都有可能穿孔，如果一旦阑尾穿孔，其毒素将会迅速进入腹部其他器官，到那时就一切都晚了，他将面临生命危险。

怎么办?堵车仍在继续，时间正在一秒一秒地过去，不，决不能这么等死!

在这紧急关头，这名勇敢的医生做了一个前所未有的大胆的决定：就在汽车上自己给自己动手术!

要是在手术条件具备的医院里，割阑尾是个只需十几分钟的简单的手术。一般医学院实习生做的第一个手术就是割阑尾，可现在是在根本没有手术条件的汽车上。没有消毒设备，没有麻醉药，没有缝合针线，波特沃斯所有的只是小汽车上必备的简易急救箱。箱子里能够派上用场的只有一把从未用过的手术刀、几把止血钳、一点医用酒精、棉球和纱布，就靠着这点可怜的工具，本身已经精疲力竭、病情危急的波特沃斯将要进行一场史无前例的手术。

主意已定，波特沃斯鼓足勇气，从汽车后座中取出急救箱，然后将座位尽量调低，让自己尽可能后仰。接着，他咬咬牙，拿出了那把从未使用过的手术刀，钻心的疼痛又一次袭来，波特沃斯觉得自己快要虚脱了：事不宜迟，开始吧!波特沃斯默默地对自己说。

在汽车上，波特沃斯省却了手术前的所有准备工作。他脱下了自己的衣服，只是简单地用酒精棉球擦了擦腹部及双手，然后咬紧牙关，用手术刀对准自己的右下腹。他是个熟练的外科大夫，即使闭着眼都能找到阑尾所在的位置。他迅速在肚皮上划了一个十字切口，鲜血顿时涌了出来，他赶紧用仅有的几把止血钳将几个大血管夹住，随后用纱布捂在周围，手术切口及阑尾的剧痛一并向他袭来，他想大喊，但唯恐吓着周围车上的人。在他的一只手终于摸到那个已肿胀到了极点的阑尾后，另一只操刀的手则极其熟练地将它割了下来。他在做这一切的时候，仿佛是在给别人做手术，而不是他自己。

仅仅只有几分钟的时间，像泉水一样涌出的鲜血已经染红了他的全身，流到汽车座位上，流到了地板上，此刻，整个汽车前座位上都是鲜血，如果此刻谁碰巧从车窗外看到这一可怕的景象，他们一定会认为这是一个失去理智的人在自残。

波特沃斯终于在没有任何麻醉措施的情况下将阑尾割掉了，当他做完这一切后，他知道现在关键的问题是止血。

波特沃斯感到阵阵眩晕，他知道自己已经严重失血，随时都有昏迷的危险，他竭力让自己保持清醒，他一遍又一遍地对自己说：一定不能失去意识，一定不能失去意识，否则就再也醒不过来了。

也许上帝并不想将一个人逼入绝境。正在这时，前面的车队开始移动了，波特沃斯一手捂着伤口上的纱布，一手握紧方向盘，脚踩油门，汽车又开始向前驶去。

终于，医院到了，波特沃斯的车在越过一个台阶后才戛然刹住。他用最后一丝力气按响了喇叭。急救人员抬着担架冲了出来，他们并未意识到情况有多么糟糕，可当他们打开车门时，看到的却是一个恐怖的“血人”。

惊讶不已的医护人员迅速将他抬到手术室，一个由 5 名医护人员组成的抢救小组开始了工作。他们首先为波特沃斯输血、输氧，然后为他清洗伤口，他们发现，尽管波特沃斯是在极其特殊的情况下为自己做的手术，但他的手术仍做得干净利落。最后，他们又为他缝合了伤口，将这个勇敢的外科医生在汽车上没条件做的工作做完了。

战胜死亡的抉择

巴尼·罗伯格是美国缅因州的一个伐木工人。一天早晨,巴尼像平时一样驾着吉普车去森林干活。由于下过一场暴雨,路上到处坑坑洼洼。他好不容易把车开到路的尽头。他走下车,拿了斧子和电锯,朝着林子深处又走了大约两英里路。

巴尼打量了一下周围的树木, 决定把一棵直径超过两英尺的松树锯倒。出人意料的是:松树倒下时,上端猛地撞在附近的一棵大树上,一下子松树弯成了一张弓,旋即又反弹回来,重重地压在巴尼的右腿上。

剧烈的疼痛使巴尼只觉得眼前一片漆黑。但他知道,自己首先要做的事是保持清醒。他试图把腿抽出来,可是办不到。腿给压得死死的,一点也动弹不得。巴尼很清楚,要是等到同伴们下工后发觉他不见了,再来找他的话,很可能会因流血过多而死去。他只能靠自己了。

巴尼拿起手边的斧子,狠命朝树身砍去。可是,由于用力过猛,砍了三四下后,斧子柄便断了。巴尼觉得自己真的什么都完了。他喘了口气,朝四周望了望。还好,电锯就在不远处躺着。他用手里的断斧柄,一点一点地拨动着电锯,把它移到自己手够得着的地方,然后拿起电锯开始锯树。刚锯了没几下,巴尼发现,由于倒下的松树呈 45 度角,巨大的压力随时会把锯条卡住;如果电锯出了故障,那么他只能束手待毙了。左思右想,巴尼终于认定,只有唯一一条路可走了。他狠了狠心,拿起电锯,对准自己的右腿,进行截肢……

巴尼把断腿简单包扎了一下,他决定爬回去。两英里的路程对于一个身受重伤的人来说,其艰苦程度可想而知。一路上巴尼忍着剧痛,一寸一寸地爬着;他一次次地昏迷过去,又一次次地苏醒过来,心中只有一个念头:一定要活着回去!

大约四个多小时后,巴尼终于筋疲力尽地爬到了吉普车旁。他竭尽全力爬进了吉普车,并用左脚发动了汽车。

当他历尽艰辛,终于行驶完那段不平凡的五英里路程之后,才第一次感到自己已经战胜死亡了。

飞机迫降之后

故事发生在第二次世界大战中。

一架美军飞机由于机械故障迫降在太平洋上，机上3名飞行员乘坐一艘充气的救生筏逃生。

在经历了死里逃生的短暂兴奋后，他们陷入了新的困境中。他们随身携带的食物和水最多只能支撑3天，更要命的是，他们没有指南针，没有地图，谁都知道，这在漫无边际的太平洋上，意味着什么。

有限的食物和水很快用完了，求生的本能迫使他们想出各种办法应对所面临的威胁：没有食物，他们钓鱼充饥；没有水，就收集雨水解渴。就这样，靠着这种最原始的生存方式苦撑着，他们在海上漂流了一个多月。然而，时间一天天过去，他们面前依然是无边无际的海水，获救的希望越来越渺茫。

这时，两名飞行员奇怪地发现一名同伴在用手指蘸着海水品尝，并且每隔一段时间就尝上一两口。"可怜的埃里克，如果你实在渴得受不了的话。这里还有一点儿水。"一个同伴有气无力地说。

埃里克淡淡一笑说："不，我在试着寻找生机。"

又是几天过去，奇迹还是没出现。无边的海水无情地吞噬着他们求生的信念，把他们折磨得越来越虚弱。两个同伴对获救已不抱任何幻想，他们显得很平静，慢慢地等待着死神的降临，只有埃里克还在倔强地重复着那件似乎毫无意义的事。

一天,在尝了海水之后,埃里克忽然兴奋地大叫起来:“我们有救了,我们快到陆地了。”

“埃里克,你是不是在说梦话!……不,他已经疯掉了!”两个同伴同情地看着他。

“不不,我没疯,我很清醒。”埃里克激动地说,“从昨天开始,我发现海水的味道没有以往那样咸了,现在这里的咸味更淡了,这是河水把它冲淡的缘故。伙计们,我们有救了,附近就是陆地!”

终于,一路尝着海水,他们在第三天到达了大河的入海口。凭着埃里克不屈的抗争,他们得救了。

忧郁的诗人

小拜伦的脚是跛的,这一缺陷给他后来的生活带来了不少痛苦。有一次他在街上散步时,一个妇人经过他身旁,看着拜伦说:“呀!多么漂亮的孩子!可惜是个瘸子!”这句话深深刺痛了拜伦的心,虽然他很年幼。但他很懂世故的偏颇和对残疾者的歧视,每当让别人看到自己的残疾,他的心就会像受刀割一样的痛苦。

更不幸的是,他父母的关系很糟,彼此都对婚姻感到失望。拜伦就是在这种失望的深渊里出生的。拜伦两岁时,父母开始分居,拜伦由母亲抚养,他父亲为了躲债逃到法国,第二年便在贫困交加中死去。由于家庭的不幸,使得他母亲的性情变得非常暴躁,常无缘无故的大发脾气,而拜伦便成了母亲发泄愤怒和不满的对象。母亲有时候把他当作掌上明珠一样地爱抚,有时候发起神经来,便顺手拿起盘子、火箸等向拜伦投去。年幼的拜伦每天都被喝骂,到后来,连碟子、茶杯都在屋子里飞舞,新衣裳也在愤怒的情绪下哗啦哗啦地被撕破。在抱怨自己的残疾这种剧烈的感情以外,还要忍受母亲的脾气,对于这个生来就比别人更加敏感的孩子来说,这样的负担是过于沉重了,他的性格逐渐地变得忧郁。

尽管拜伦在默默地忍耐着,但是燃烧的愤怒却沸腾在他的脑海,到后来,默默地发怒的习惯已经成为拜伦的脾性。

拜伦在将近五岁时,被母亲送进学校。他是个记忆力很好的学生,经常一副忧郁的表情。拜伦以善谈吐和读书多为人所知,因为他从自己的家庭教师那里学了不少历史和拉丁语,自己还常常随手翻读各种书籍。这使拜伦后来成为著名的诗人。

一个勇敢的小男孩

一只老式的大肚煤炉被用作乡村校舍取暖之用。一个小男孩每天早晨提前到学校生火，在老师和学生们到来之前让房间里变得暖和一些。

一天，他们到学校时发现校舍被熊熊烈火吞没。他们把失去知觉的小男孩从火中救出来，他已是奄奄一息了。他的下半身被严重烧伤，他们把他送往附近的一个乡村医院。

被严重烧伤、神志不清的小男孩躺在床上，模糊地听到医生在对他母亲说话。医生告诉他母亲，他儿子难逃一死——这已经是老天慈悲了——因为可怕的大火已经烧坏了他的下半身。

但勇敢的小男孩并不想死，他决心活下来。不知何故，让医生惊讶不已的是，他居然活了下来。当危险期过去之后，他又听到医生对他母亲悄悄说：因为大火吞噬了他下肢的许多肌肉，他要是真死了倒好了，这下他注定要做一辈子的残废人，他无法再活动他的双腿。

这个勇敢的男孩再一次下定决心，他不想做一个瘸子，他要走路。但不幸的是，他腰部以下无法活动。他细瘦的双腿在那里摇摇晃晃，但一点儿也没有知觉。

他终于出院了。每天他母亲要为他按摩双腿，但他毫无知觉。然而，他再次站起来的决心依然是那么坚定。

除了在床上的时候，他就坐在一张轮椅中。在一个阳光明媚的一天，他母亲推着轮椅，让他到院子里呼吸新鲜空气。这一天，他不再坐在轮椅里，而是用自己的上身扑下轮椅，他拖着双腿，在草地上爬行。

他爬到院子的围栏边。他费力地抓住围栏，让自己的身体直立起来。然后，一根栏杆接着一根栏杆，他开始拉住围栏把自己向前拖。一边心中想着自己一定会走。他开始每天这样锻炼，直到院子的围栏边拖出了一条小径。他一心想着自己能再次走路。

最后，通过他每日按摩和钢铁般的毅力和决心，他终于能够自己站立了；接着，他可以自己摇摇晃晃地行走——接着，他可以自己跑了。

他开始步行去学校，然后跑步上学，他跑步纯粹是出于那种飞跑的快乐。在大学里，他入选校田径队。

后来，在麦迪逊广场花园，这个没想到会活下来、肯定无法行走、更别梦想跑步的意志坚定的年轻人——格兰·坎宁安博士，打破了一英里的世界纪录!

扼住命运的咽喉

贝多芬一生命运坎坷，痛苦和不幸始终和他形影不离。他历经贫穷、疾病、失恋和孤独的折磨。早在童年时，他就在父亲严厉的呵斥下苦练钢琴。3岁时，失去了疼爱他的祖父。17岁时，他热爱的母亲又死于肺病，贝多芬从此成为一家之主，担负起两个弟弟的教育责任。他不得不羞惭地要求父亲退休，因为他酗酒，不能主持门户——人家甚至不能把养老金交他本人收领。这些可悲的事实在贝多芬的心上留下了深深的伤痕。若干年后他曾说过："不知道死的人真是一个可怜虫!我15岁时已经知道了。"

1796至1800年间，贝多芬的耳朵日夜作响，听觉大大衰退。对于一个音乐家来说，这是多么沉重的打击!他绝望地告诉两个朋友："我的最高贵的部分，我的听觉，大大地衰退了。……我不得不在伤心的隐忍中栖身!……""要是干着别的职业，也许还可以；但在我的行当里这是多么可怕的遭遇啊……"

然而，除了肉体上的痛苦之外，还有另一种痛苦——爱情的挫折摧残着贝多芬的心灵。1801年，一个很有魅力的姑娘闯入了他的生活，这就是贝多芬题赠《月光奏鸣曲》的对象——朱丽叶坦·桂察蒂。她爱他，他也爱她。可是这段爱情却使贝多芬付出了沉重的代价。爱情使他更加感到自己的残废和处境的艰难，甚至无法娶他所爱的人，而朱丽叶坦的稚气和自私又使贝多芬万分苦恼。1803年11月，她嫁给了一位伯爵。这是一次毁灭性的打击，尤其是在贝多芬由于疾病而使身体变得虚弱的时候，狂乱的情绪更有把他毁灭的危险。他给兄弟卡尔与约翰写好了遗嘱，注明“等我死后拆开”，他差不多要结束他的生命了。

但是，贝多芬以超人的毅力再一次战胜了命运的摆布。此后贝多芬还活了25年。他在给韦该勒医生的信中写道：“我要扼住命运的咽喉。它决不能使我完全屈服……嗅，能让人生活上千百次，多美!”“我窥见我不能加以肯定的目标，我每天都更迫近它一些。唯有在这种思想里，你的贝多芬方能存活。”

苦难磨砺了他的意志，他紧紧地扼住了命运的咽喉，于痛苦的思索中写下了流芳千古的名曲。然而即使在他苦痛时期的作品中，也有许多欢悦的乐曲，反映了一种青年人的天真，或是热烈的情爱。这显然是他的顽强的意志起了决定作用，一种无可抵抗的力量把忧郁的思想一扫而空。他渴望痊愈，渴望爱情和幸福。他是那样的需要欢乐，当生活中没有欢乐时就自己来创造。

一个勇敢的负伤战士

一个负伤的战士，躺在曾经酣战的沙场上。战争的怒吼早已平息了。劫后余生，他死一般地静静地躺着，感到剧烈的痛苦。战场上除了伤者的悲鸣和濒死者的叹息外，寂静得一点声音也没有，宛若从尘世的喧闹，逃入夜晚难以用言语形容的平静。

外科医生提着灯笼，带着担架队在战场上来回走动，寻找那些能被抢救可以运走的人，遗憾地留下那些在漆黑中带着祈求的目光而命运注定要死亡的人。外科医生走近的时候，这可怜的战士一动也不动地注视着。最后，灯光掠过他的面庞，外科医生带着慈祥的面孔，弯下腰来，踌躇了一会儿，摇摇头便走了，留下这可怜的人儿孤独地与死神在一起。

他们在战场上来回走动的时候，他抑制着痛苦注视着。他们回转身来，外科医生又弯下腰来："我相信假如这可怜的人活到明天日落的时候，他会好起来的。"

于是，带着一线希望，他又离开了他。整夜，这句甜蜜的话落在他的心田，有如一滴甘露从星星落到他的嘴唇一般。

他把他疲乏的头转向东方，注视着未来的日子。最后，星星熄灭了，东方泛着鱼肚白，太阳慢慢地升上地平线，使得他苍白的面也喜悦地发出光辉。太阳慢慢地爬上天空，他一点一点地注视着。

他想到了生活，踌躇满志，欢喜雀跃，振作了精神，直到正午时分。

太阳逐渐向西倾斜，他需要更大的鼓励，使他坚持斗争到日落。

他想到了遥远的家乡，幸福的房子平静地躺着，蔷薇花爬上了它的门扉，树木对着它的窗子耳语，并在阳光照耀下打盹；果园内有一条小溪，像一根银线似的流过了森林。

"假如我活到日落的时候，我又会看到它的，我会沿着林荫路漫步，打开破旧的门扉，鸟儿在林果园内向我呼叫，我会再汲饮古老的清泉。"

他想到了从附近农场归来的妻子，她的手羞怯地搀着他的手，为他的生活，带来了甜蜜，为他的家，带来了光明。

"假如我活到日落的时候，我会再次窥视多情的双眼，把她棕色的头，再次紧贴在我痛楚的胸膛。"

他想到了年老的父亲，在忧愁和年老的压抑下，每日屈身虔诚地祈祷着。

"假如我活到日落的时候，我又会看到他。用我强壮的手臂，抱着他柔弱的身躯，一种说不出的幸福的创伤，坠入我的心房。"

他想到了曾爬在他膝头上的孩子，用他们小小的双手，拨弄他的心弦，向他奏着世间少有的、天下无双的美妙音乐。

"假如我活到日落的时候，他们又会发现我干透了的嘴唇，吻着他们温暖的小嘴，他们的小小的手指又会掠过我的面庞。"

最后，他想到了年老的母亲，在她的周围，聚集着这些孩子，活活泼泼，使得她心花怒放，咿呀学语，使得她返老还童，因而她可活到这位大人物归来的时候。

"假如我活到日落的时候，我又会看到她了：把我的头伏在她膝盖上的老地方，泣诉在这荒凉夜晚的一切回忆。"

太阳西沉，星星出来，闪耀在这位勇敢人的心中，使得他双目炯炯；外科医生提着灯笼走来，把他从死亡带到了新生。

重要的是你如何看

如果一个人在46岁的时候，因意外事故被烧得不成人形，4年后又在一次坠机事故后腰部以下全部瘫痪，他会怎么办?再后来，你能想象他变成百万富翁、受人爱戴的公共演说家、扬扬得意的新郎官及成功的企业家吗?你能想象他去泛舟、玩跳伞，在政坛角逐一席之地吗?

而米契尔全遭遇了。在经历了两次可怕的意外事故后，他的脸因植皮而变成一块“彩色板”，手指没有了，双腿如此细小，无法行动，只能瘫痪在轮椅上。

意外事故把他身上65%以上的皮肤都烧坏了，为此他动了16次手术。手术后，他无法拿起叉子，无法拨电话，也无法一个人上厕所，但以前曾是海军陆战队员的米契尔从不认为他被打败了。他说:“我完全可以掌握我自己的人生之船，我可以选择把目前的状况看成倒退或是一个起点。”6个月之后，他又能开飞机了。

米契尔为自己在科罗拉多州买了一幢维多利亚式的房子，还买了一架飞机及一家酒吧。后来他和两个朋友合资开了一家公司，专门生产以木材为燃料的炉子，这家公司后来变成佛蒙特州第二大私人公司。坠机意外发生后4年，米契尔所开的飞机在起飞时又摔回跑道，把他胸部的12块脊椎骨全压得粉碎，腰部以下永远瘫痪。

米契尔仍不屈不挠，日夜努力使自己能达到最高限度的独立自主，他被选为科罗拉多州孤峰顶镇的镇长，以保护小镇的美景及环境，使之不因矿产的开采而遭受破坏。米契尔后来竞选国会议员，他用一句“不只是另一张小白脸”的口号，将自己难看的脸转化成一项有利的资产。

尽管面貌骇人、行动不便，米契尔却坠入爱河，且完成了终身大事，也拿到了公共行政硕士学位，并持续着他的飞行活动、环保运动及公共演说。

米契尔说：“我瘫痪之前可以做1万件事，现在我只能做9000件，我可以把注意力放在我无法再做好的1000件事上，或是把目光放在我还能做的9000件事上。我的人生曾遭受过两次重大的挫折，如果我能选择不把挫折拿来当成放弃努力的借口，那么，或许你们可以用一个新的角度来看待一些一直让你们裹足不前的经历。你可以退一步，想开一点，然后你就有机会说，‘或许那也没什么大不了的’。”

生命的奇迹

她是拼上命也要做母亲的。

她的命原本就是捡来的。四年前,二十五岁,本该生如夏花的璀璨年华,别的姑娘都谈婚论嫁了,而她,却面容发黄,身体枯瘦,像一株入冬后寒风吹萎了的秋菊。起初不在意,后来,肚子竟一天天鼓起来,上医院,才知道是肝出了严重问题。

医生说,如果不接受肝移植,只能再活一个月。所幸,她的运气好,很快便有了合适的供体,手术也很成功——她的命保住了。

她是个女人,渡过险滩,生命的小船还得沿着原来的航向继续。两年前,她结婚,嫁为人妻。一年前,当她再次来到医院进行手术后的常规例行检查时,医生发现,她已经怀孕三个月了。

孕育生命,是一个女人对自己生命极限的一次挑战,更何况是她,一旦出现肝功能衰竭,死神将再次与她牵手。这一切,她当然懂得,但是,她真的想做母亲。不管付出什么代价,她都舍得,她要的,只是这个结果。

2004 年 3 月 18 日,医生发现胎儿胎动明显减少,而她又患有胆汁淤积综合症,可能导致胎儿猝死,医院当机立断给她做了剖腹产手术。是男孩,小猫一样脆弱的生命,体重仅两公斤,身长四十二厘米。虽然没有明显的畸形,但因为没有自主呼吸,随时可能出现脑损伤及肺出血,只能借助呼吸机来维持生命。

而这一切，她都不知情，因为她自己能否安全地度过产后危险期，都还是个未知数。她要看孩子，丈夫和医生谎称，孩子早产，需要放在特护病房里监护。

自己不能去看孩子，她就天天催着丈夫替她去看。等丈夫回来了，她便不停地问，儿子长得什么样？到底像谁？他现在好不好？有一天，她说做梦梦见了儿子，但是，儿子不理她。

7天过去了，她一天天好起来，天天嚷着去看儿子。但孩子，仍然危在旦夕，情况没有一丝好转。怎么办呢？医生和丈夫都束手无策。只是，再不让她去看孩子，已经说不过去了。但愿，她是坚强的。

第8天，她来到了特护病房。看到氧气舱里，皱皱的、皮肤青紫的儿子浑身插满了管子，她无声地落泪了。病房里鸦雀无声，所有人都不知道该怎样安慰这个心碎的母亲，甚至不知道该怎样向她解释这一切。

她打开舱门，把手伸进去抚摸着儿子小小的身躯和他手可盈握的小脚丫。一下一下，她小心翼翼地，像在抚摸一件爱不释手的稀世珍宝。那一刻，空气也仿佛凝固了。

突然间，奇迹出现，出生后一直昏迷的婴儿，竟然在母亲温柔的抚触下第一次睁开了眼睛。医护人员欢呼雀跃着，那个七天来一边为儿子揪心，一边又只能在妻子面前强颜欢笑的男人，此时此刻，泣不成声。而她，痴痴地、久久地与儿子的目光对视着。

第9天，婴儿脱离了呼吸机，生命体征开始恢复。

第11天，婴儿从开始每次只能喝两毫升的奶，发展到可以喝下七十毫升牛奶。

而且他的皮肤开始呈现正常婴儿一样的粉红色，自己会伸懒腰、打呵欠、四肢活动自如，哭声洪亮。

第12天，她抱着她的儿子——她用命换来的儿子，她用爱唤醒的儿子，平安出院。当天各大报纸有消息说，全国首例肝移植后怀孕并生产的妈妈今日出院。她的名字叫罗吉伟，云南盐津人。每天都有类似的新闻，不过是报纸上的一角，仿佛与我们的生活无关。但是，又有谁了解，在这背后，是一个母亲所创造的生命奇迹。

感知生命

一位妇人,她几乎经历了一个普通女人所能经历的所有不幸。幼年时候父母先后病逝,好不容易找到了工作,又因不同意做厂里某领导人的儿媳而被挤出厂门。嫁了个当兵的丈夫,婆婆却对她十分苛刻,婆婆过世后丈夫又因外遇弃她而去。现在,她独自领着女儿过日子,日子过得似乎还很平静。

一个阳光灿烂的日子,她的朋友去她家闲坐,女儿在一边玩耍。她们边聊天边和小姑娘逗笑,不经意间触动了往事。朋友赞叹她遭遇这么多挫折却活得如此坚强平和,她笑笑,给朋友讲了一个故事:

两个老裁缝去非洲打猎,路上碰到一头狮子,其中一个裁缝被狮子咬伤了,没被咬伤的那位问他:"疼吗?"受伤的裁缝说:"当我笑的时候才感到疼。"

"我也是这样的,"妇人对朋友笑道,"我被狮子咬了许多口,但我的一贯原则是:忍着痛,笑也好,哭也好,只要有感觉就有生命,只要有生命就有灵魂,只要有灵魂就有生存的意义、希望和幸福。"

朋友惊讶地望着她沧桑的脸,仿佛那是一方视线极阔的天窗。

危险的森林

一个人在森林中穿行时，突然遇见了一只饥饿的老虎，老虎大吼一声就扑了上来。他用最快的速度逃开了，但是老虎紧追不舍，他一直跑一直跑，最后被老虎逼到了悬崖边。

站在悬崖边上，他想："与其被老虎捉到，活活被咬死，还不如跳下悬崖，说不定还有存活的可能。"

他纵身跳下悬崖，非常幸运地卡在一棵树上。那是长在断崖边的梅树，树上结满了梅子。

正在庆幸之时，他听到断崖深处传来一声巨大的吼声，往崖底望去，原来有一只凶猛的狮子正抬头看着他，狮子的声音使他心颤，但转念一想："狮子与老虎是一样的猛兽，被什么吃掉，都是一样的。"

刚一放下心，又听见了一阵声音，仔细一看，两只老鼠正用力地咬着梅树的树干。他先是一阵惊慌，但马上又放心了，他想："被老鼠咬断树干跌死，总比被狮子咬死好。"

情绪平复下来后，他看到梅子长得正好，就采了一些吃起来。他觉得一辈子也没吃过这么好吃的梅子，他找到一个三角形的枝丫休息，心想："既然迟早都要死，不如在死前好好睡上一觉吧!"于是靠在树上深深地睡去了。

睡醒之后，他发现两只老鼠不见了，老虎和狮子也不见了。他顺着树枝，小心翼翼地攀上悬崖，最终脱离了险境。原来就在他睡着的时候，饥饿的老虎实在忍耐不住了。终于大吼一声，跳下了悬崖。

两只老鼠听到老虎的吼声，惊慌地逃走了。跳下悬崖的老虎与崖下的狮子展开激烈的打斗，最终两败俱伤逃走了。

环境与心境

苏格拉底单身时,和几个朋友一起住在一间七八平方米的小屋里。生活非常不便,但他一天到晚总是乐呵呵的。

有人问:“那么多人挤在一起。连转个身都困难,你有什么可乐的?”

苏格拉底说:“朋友们在一块儿,随时都可以交换思想,交流感情。这难道不是很值得高兴的事儿吗?”

过了一段时间,朋友们一个个相继成家,先后搬了出去。屋子里只剩下了苏格拉底一个人,但是每天他仍然很快活。

那人又问:“你一个人孤孤单单的,有什么好高兴的?”

“我有很多书啊!一本书就是一个老师,和这么多老师在一起,时时刻刻都可以向它们请教,这怎能不令人高兴呢?”

几年后,苏格拉底也成了家,搬进了一座大楼里。这座大楼有七层,他的家在最底层。底层在这座楼里环境是最差的,上面老是往下面泼污水,丢死老鼠、破鞋子、臭袜子和杂七杂八的脏东西。苏格拉底还是一副自得其乐的样子。

那人又好奇地问:“你住这样的房间。也感到高兴吗?”

“是呀!你不知道住一楼有多少妙处啊!进门就是家,不用爬楼梯;搬东西方便,不必花很大的劲儿;朋友来访容易,用不着一层楼一层楼地去叩门询问……特别让我满意的是,可以在空地上养一丛一丛的花,种一畦一畦的菜。这些乐趣呀，数之不尽啊!”苏格拉底情不自禁地说。

过了一年，苏格拉底把一层的房间让给了一位朋友。这位朋友家有一个偏瘫的老人，上下楼很不方便。苏格拉底搬到了楼房的最高层。可是每天他仍是快快乐乐的。

那人揶揄地问：“苏格拉底先生，住七层是不是也有许多好处呀!”

苏格拉底说：“是啊，好处可真不少呢!仅举几例吧，每天上下几次，有利于身体健康；光线好，看书写文章不伤眼睛；没有人在头顶干扰，白天黑夜都非常安静。”

后来，那人遇到苏格拉底的学生柏拉图，问道：“你的老师总是那么快快乐乐，可我却感到他每次所处的环境并不那么好呀?”

柏拉图说：“决定一个人的心情不在于环境，而在于心境。”

在缺陷中追求圆满

一个人如果身体残缺，那无疑是一种遗憾，可是有不少残疾人不甘心命运的安排，通过自己的努力去改变处境，他们用实际行动向世人证明，正常人能做到的事，他们同样能做到，甚至做得更好。

残疾人自强不息的事迹总是如此地鼓舞人心，布伦克特就是其中的一个。

布伦克特出生在英国，是一位盲人。他的父母发现他的眼睛看不见任何东西后哭得死去活来，头发一夜之间全白了。后来，父母把他带到医院里进行检查，查明他失明的原因是由父母的遗传性配伍禁忌引起的。这种禁忌发生的可能性极小，但如此巨大的不幸偏偏降临到了他的身上。

眼睛瞎了，就几乎不能做任何事情。当时，最“出色”的盲人不外乎学会弹奏乐器，在街头卖艺以勉强维持生计而已。布伦克特不希望自己就这样碌碌无为地度过一生，他要通过学习来改变自己。4 岁时，他上了寄宿学校，很快就学会了盲文，并掌握了打字的技能。在学校里，他勤奋学习，成绩优秀。他从不把自己看作是一位残疾人，他坚信自己能像正常人一样生活，他积极地参加社交活动，甚至鼓足勇气约女孩子去看电影。

经过其不懈的努力，他终于考上了著名的舍菲尔德大学，在大学里他依然刻苦学习，是学校里的优秀学生。毕业后，他选择了从政的道路，开始时，很多人对他都感到怀疑，甚至认为他的举动是一个笑话，因为还从来没有见过一位盲人在政坛上取得成功。

但是，他的信念并没有因此动摇，也没有因此而感到自卑。在竞选地方议员时，他大胆地向选民拉票，宣传他的政治主张，他的诚意感动了大部分选民，得到了选民的广泛认可。他还用坚强的意志克服了别人难以想象的困难，几年后，英国首相提名他出任教育大臣，竟没有任何人反对。

这便是布伦克特传奇的一生，他是有史以来世界上职位最高的盲人。从身体条件而言，他是不幸的，他失去了宝贵的眼睛，然而，他用自己的意志、毅力弥补了这种缺陷，他的人生，对比起那些身体强壮而碌碌无为的人，无疑要精彩得多，圆满得多。

想想我们每一个人，又何尝没有缺陷呢？人生永远都是不完美的，正如古语所说的“人生不如意事，十常八九”。我们或没能出生在富裕之家，或相貌不漂亮，或个子偏矮，或学习成绩不如别人优秀，嫁的丈夫不如别人有出息，生的孩子身体有缺陷……这些几乎是每个平凡人都要面对的问题。

令我们庆幸的是，虽然人生无法完美，但可以圆满。热爱生活，直视自己的缺陷，这就是一种圆满的生活，美满的人生。

爱迪生救妈妈

爱迪生是世界上最著名的“发明大王”。凭着顽强好学的精神,他很小就掌握了许多科学道理。

爱迪生家里很穷,他不得不靠卖报纸来挣钱补贴家用。一天,小爱迪生卖完报纸回到家,看见妈妈正躺在床上。借着昏暗的蜡烛光,他发现妈妈脸色苍白,额头上都是汗珠,痛苦地咬着嘴唇。他知道妈妈一定是生病了,就赶紧去找医生。医生来了。看过病,医生皱着眉头说:

“孩子,你妈妈需要马上手术,可是,这里太暗了。如果等我回去把灯取来,她的病情就可能恶化!这怎么办呢?”

爱迪生着急地哭了起来。他看着正在燃烧的蜡烛,忽然有主意了。

他把家里所有的蜡烛都找了出来,一支支都点燃了,说:“医生,现在可以了吗?”医生摇了摇头:

“孩子,还是不行。”

爱迪生想了想,又把家里所有的镜子摆成一个弧形,放在蜡烛后面,让镜子把蜡烛光都反射到妈妈的床上。这一下,蜡烛光变得异常明亮,医生顺利地为爱迪生妈妈做完了手术。

爱迪生的妈妈终于得救了。

学徒工当上科学家

法拉第是英国著名的物理学家和化学家。小时候，法拉第家里很贫穷，父母没有钱供他上学，法拉第很小就不得不在一家印刷厂当学徒工。

尽管工作很辛苦，可是，小法拉第很快就喜欢上了这里，因为印刷厂专门印刷书籍，这给渴望读书的小法拉第提供了多么大的便利啊。

一天，一本新书《化学问谈》送到厂里来印刷，小法拉第一下子就喜欢上了这本书。工友们都下班了，他就一个人靠着窗子，专心致志地看起来。天黑了，法拉第还在读着。

忽然，法拉第听见有人敲窗子，原来是妈妈。法拉第惊奇地问："妈妈，家里出什么事了吗?您怎么到这儿来了?"

看到小法拉第这么喜欢读书，妈妈很难过，要是能送小法拉第去上学多好啊，可是家里实在太贫困了。妈妈心疼地说："天黑了，你这样看书会把眼睛看坏的。孩子，跟妈妈回家吧。"

法拉第激动地站起来，说："妈妈，我今天发现了一门奇妙的学问!我一定要弄懂它，我多么想成为一个有学问的人啊。"

妈妈听了，慈爱地说："孩子，爱学习是一件好事情，可是，天确实太晚了。"

法拉第恋恋不舍地放下书，跟着妈妈回家了。正是凭着这种顽强的精神，小法拉第自学成才，后来成为了一位大科学家。

体温计的故事

有一天,正在威尼斯一所大学里上实验课的伽利略,问他的学生:“为什么水的温度上升时,装在罐内的水会升高?”有个学生回答说:“因为这时候的水,体积增大了,所以会膨胀上升。一旦水冷却了,体积就缩小,又会降下来。”

学生的回答又让伽利略想起另一件事——一次,他去看病,一位医生对他诉苦说:“伽利略先生,病人的体温有高有低,可是我们却没有一个方法,能准确地测量他们的体温,这样诊断病情很麻烦,也很不正确,真让人着急呀?”现在,学生的回答,使他深受启发:水的体积会随着温度而变化,那么,从水的体积变化上,不也可以测出温度的变化吗?

伽利略利用热胀冷缩原理,在一根非常细的试管里装上一些水,抽出里面的空气,然后把试管密封起来,并在上面刻上刻度。他拿着试管来到医院,让一个正在发高烧的病人用手握住试管。很快,试管里面的水开始上升了,超出了摄氏 37 度……

这样,伽利略发明了最早的体温计。后来,人们又用水银代替了水,现在,又有人发明了电子体温计。

敢于思考的牛顿

英国伟大的科学家牛顿，在剑桥大学学习力学时，有个结论给他留下了深刻的印象。就是公元前希腊伟大的科学家亚里士多德，曾对物体运动做过的结论："一个使物体运动的力消失后，这个运动的物体便静止下来。"这个结论被人们接受，已有两千多年了。

一天，牛顿看见一个人正推着一辆小车。他用力推一下小车，便撒开手，小车便自己向前跑一段路；等小车要停下来时，那人就再用力推一下小车。他反反复复地，像玩一样推着车。牛顿边看边想："怎么不对呀!按照亚里士多德的结论，一旦手离开小车，小车便要静止。但很明显，这小车没有立即停下来，自己仍能跑一段路。难道这个结论错了?"

牛顿回到家，马上做起实验来。他分别在平坦和凹凸不平的路上推小车。结果，小车在不平的路上，用力一推，没走多远就停下来了；而在平坦的路上，小车却能跑很长的一段路。牛顿的结论说："假如小车被推一下，前面没有摩擦，也没有力阻挡它，它会一直跑下去的。而一辆静止的车，没有力去推它，它会永远不动。"

后来，牛顿终于推翻了亚里士多德的结论。

肥皂泡上的发现

在剑桥大学毕业后的牛顿，回家探亲。一天，他和父亲去田间锄草，休息时，牛顿将蒲公英的茎条摘下，吹肥皂泡玩。吹着，吹着，他突然发现一个个肥皂泡在阳光下变得五颜六色，便奇怪地问父亲。

父亲说："这有什么稀奇，肥皂泡本来就这样。"

"不，这一定与太阳光有关，它说明阳光并不只是一种颜色。"

"谁不知道太阳光是白色的?傻孩子!"

"问题没这么简单，我要认真地研究一下。"这个自小就有股子"牛劲"的牛顿，一旦遇上疑惑，不弄个水落石出，是不会罢休的。

第二天，天空晴朗，阳光明媚。牛顿收拾了一些必要的器具，开始了自己的实验。

牛顿在窗前一边吹肥皂泡，一边拿着玻璃片观察起来。

当他无意间拿起一块三棱形的玻璃，对着阳光晃动时，奇迹出现了：三棱形的玻璃上呈现出了肥皂泡上的景观，但比肥皂泡上闪烁不定的色彩，显得更稳定，且分层分条呈现。牛顿看了高兴地数了起来："红、橙、黄、绿、青、蓝、紫，啊!阳光中包括七种颜色。"

当牛顿正为自己的发现欢呼雀跃时，他马上又想到：白光既然可以散成七色，那么，七色光聚在一起，是不是就可以得到白光呢?于是，他连忙试验，果然如此。

就这样，牛顿从普通的肥皂泡上，发现了光学物理中一个十分重要的原理——光的色散和聚合原理。

在不幸和失败堆起的高塔上奋进

德国天文学家开普勒，是个只在母腹中待了七个月的早产儿。他一降生，就连遭不幸。天花使他成了麻子，猩红热又弄坏了他的眼睛。父母双亲对这个多灾多难的小生命，没有爱和温暖，不愿负责任。陪伴着他度过一生的，除了宇宙和星辰，剩下的就是贫困和疾病。

早在孩提时代，开普勒的求知欲和上进心就极为旺盛，他的学习成绩一直在同学们中遥遥领先。正当瘦弱多病的开普勒尽情地遨游在知识海洋的时候，不幸的事情又降临到他的头上。父亲因为负债，不能继续供他读书。失学之后，他只得到自家经营的小客栈里提酒桶、打杂。但是，他始终没有放弃学习。

成家之后，开普勒更加发奋地从事天文学方面的研究。他把自己写的书寄给远在布拉格的天文学家第谷·布拉赫。布拉赫对他很注意，回信表示欢迎他去布拉格。

去布拉格的路程是遥远的，妻子担心开普勒的身体受不了，劝他放弃此行，他沉毅果断地说："无论怎样我们一定要去!"

途中，开普勒病倒了。在一家乡村小客栈里，他们住了几星期。带的一点点路费早就花完了，病人要买药，妻儿要吃饭，而周围又没有一个亲人。绝望中，开普勒只好向第谷·布拉赫求救。多亏这位同行慷慨相助，雪中送炭，这才使他一家活着熬到了布拉格。

在布拉格，开普勒竭力研究火星，想揭示它的秘密。这个时期，是他一生中最快乐的时期。可惜，好景不长，他的益友布拉赫溘然长逝。这不仅在事业上使开普勒遭到严重损失，而且他一家的生活也因此又陷入困境。

有人说："开普勒的一生，大半是孤独地奋斗……布拉赫的后面有国王，伽利略的后面有公爵，牛顿的后面有政府，但是开普勒的后面只有疾病和贫困。"

然而，没有任何阻碍能止住开普勒。他倒了，又站起来。他失败了，失败了，又失败了，但是他把这些失败收拾起来，建成一个高塔，终于抓着了天体运动的三大定律。

生活中有许多人做事最初都能保持旺盛的斗志，在这个阶段普通人与杰出的人是没有多少差别的。然而往往到最后那一刻，顽强者与懈怠者便各自显示出来了，前者咬牙坚持到胜利，后者则丧失信心放弃了努力，于是得到了不同的结局。要说成功有什么秘诀的话，那就是坚持，坚持，再坚持!

靠自己的力量改变命运

无论生活如何拒绝你，如何给你设置障碍，让你身处困境，你都要尽可能地利用自己的力量去改变命运。接受别人的施舍是最容易解决困难的，然而，接受了施舍，你的斗志便会开始消减，勇气就会磨掉，毅力就会变弱，就像现实生活中的那些失意人，人们给予他们越多的同情和支援，他们便会越多地养成依赖的习惯，依赖别人的帮助与搀扶，甚至只有靠别人的施舍才能继续生存。

人生终究是自己的，不管是命运还是机会，都要由自己去创造或改变。

1992年的春天，有个满脑子装满发财梦的小伙子，只身来到大城市里寻找工作，期望能在这个充满机遇的都市里实现自己的梦想。

他本以为很快就能找到轻松又高薪的工作，但事实并非如此。他一再地遭受挫折，非但连面谈的机会都没有，最后连带来的盘缠都用完了。

只能露宿街头的他，在某个寒冷的夜晚，一个人蜷缩在人行道上打盹；落魄而邋遢的模样一如整天蹲守在街角讨生活的乞丐。

这时，有个过路妇人同情地丢给了他一张一元钱钞票，当他伸手去捡钞票时，身边的一个擦皮鞋的小女孩居然抢先一步捡起了这张钞票。

落魄的小伙子气呼呼地喊道："这是我的!"

没想到女孩坐回到原位，完全不理会他的怒骂。小伙子便生气地站了起来，开始与女孩争执。女孩反过来质问他："你凭什么拿这个钱?那位妇人为什么要给你钱?难道你是乞丐吗?”

紧接着,女孩冷笑了一声,斜睨着他,又说:“这样吧,如果你承认自己是乞丐,我就还你这一元钱。”

“我是乞丐?我怎么会是乞丐?”小伙子认为女孩在故意嘲讽他,为了捍卫尊严,他只有放弃。

然而,当他正要转身离开时,女孩子却叫住了他:“我知道你已经饿坏了,我可以借这个位置给你十分钟,这十分钟内你所赚的钱全部归你,好不好?”

小伙子回头看了看女孩,以为她又想玩什么花招,却看到女孩满脸诚恳地说:“我是说真的,接受我的建议吧!这个接受和这一元钱不同。因为,一个是靠‘施舍’,一个是靠‘自己的力量’。性质完全不同,你明白我的意思吗?”

小伙子一听,心头一震:“我要靠自己的力量挣钱!”

于是,接下来十分钟的时间里,小伙子用女孩提供的擦鞋器具,靠自己的努力,赚到了三元钱。虽然只有三元钱,但是用它买来的两片面包,吃起来的滋味却是前所未有的。

狼吞虎咽地吃完这两片面包之后,小伙子吞吞吐吐地向女孩提出了一个请求:“能不能……你能不能再帮帮我,帮我买一套擦皮鞋的工具……我也想擦皮鞋。”可爱的女孩笑了笑,接着点了点头。

第二天,擦皮鞋的女孩身边多了一个擦皮鞋的小伙子。

几年之后,人们再见到这对擦鞋匠时,发现他们已经是一家皮鞋公司的老板和老板娘了。

故事中的小伙子,要是没有女孩的指点,而是接受了别人的“施舍”,他很可能从此成为乞丐中的一员。

“拿鱼给他吃,不如给他钓竿”,这才是给予帮助的最好方法,也是我们随时要提醒自己的信念。

一个父亲创造的奇迹

有一天，父亲要带着自己的小女儿去纽约和妻子相聚。

在一艘横渡大西洋的客轮上，一天早晨，父亲正在舱里用腰刀削苹果。忽然，客轮猛地晃动起来，父亲应声而倒，那把刀狠狠地插在父亲的胸口上，他的手转眼间颤抖得很厉害，脸色发白。女儿听到尖叫声，忙跑了过来扶着父亲，但是她不知道父亲已经受了伤。

父亲微笑着扒开女儿的手，告诉她："没事儿的，只是摔了一跤。"然后，他轻轻地捡起了那把刀，用大拇指抹掉了血迹，慢慢地爬起来。父亲依然每天晚上给女儿唱摇篮曲，早晨再给她系上最美的蝴蝶结，带她去看大海的蔚蓝。

到达纽约港的前一天晚上，父亲来到了女儿身边，对她说："明天见到妈妈，告诉她，我爱她。"女儿不解地说："可是明天你就见到她了呀，为什么不亲自告诉她呢?"父亲笑了，俯身在女儿额头上留下了深深的一吻。

到达纽约港了，女儿一眼便认出在人群中的妈妈，她大声喊道："妈妈，妈妈！"这时，旁边的游人一声惊呼，女儿转头看去，父亲已经仰面朝天倒在地上，胸口血如井喷一般，他死了。

尸检的结果很令人惊讶，那把刀把他的心肌切成了两半，而他却多活了三天。医院唯一的解释是：由于切口太细了，使两块心肌紧紧贴在一起，又输送了三天的血液。

在一次医学讨论会上，人们纷纷要给这个奇迹起个名字，有的说叫"大西洋奇迹"，还有的说就以父亲的名字命名。这时，一位资深的老医学家说："亲情。"

骇世亲情

一天半夜，一场特大的泥石流吞没了熟睡的小山村。天亮时分，救援人员赶到，小山村已被夷为平地，全村无一人幸免于难。突然，有人惊叫：“下面有声音!”大伙儿跑来一看，一间埋在泥石流下的小木屋，仅剩下一个屋顶。

救援人员刨开泥土，掀开屋顶，只见屋里全被泥沙填满，唯独房梁下还有一点小小的空隙，一个赤裸裸的小女孩儿一动不动地蜷缩着，看样子还不到两岁。救援人员赶紧将她抱出来，她却死活不肯离开，指着小屋哭出了声：“妈——”顺着小女孩儿手指看去，在她蜷缩过的泥沙里，隐隐约约露出一双泥手，十个手指。有人惊叫：“下面还有人!”顿时，救援人员以那双手为中心，沿着四周小心翼翼地往里刨。不一会儿，人们眼前出现了一幅惊心动魄的画面：一个半身赤裸的女人，个子很矮，全身呈站立姿势，双手高高举过头顶，像一尊举重运动员的雕塑……

这女人竟是一个盲人!她被挖出来时身体已经僵硬了。

小女孩儿还不肯走，指着刨出的泥坑，又哭出一声：“爹——”天哪，难道下面还有人?大伙儿立刻继续往下刨，就在女人脚下，又刨出了一个半身赤裸的男人，他昂首屹立，身子直挺，双肩高高耸起……这男人也是一个盲人!

原来，矮女人是站在男人的双肩上，双手高高举着小孩……

地震中勇救同学

在北川县，记者见到一位右臂挂在绷带上的女生，一双大眼睛，美丽而纯真。记者再凑前一看，发现女生的右手已经没有了，此时正裹着绷带。她正在姐姐的陪伴下，准备转院到武汉治疗，于是记者上前与她攀谈起来。

像每一个死里逃生的灾民一样，都有一段不寻常的经历。她叫赵春林，是北川中学高二年级学生，地震发生时，才刚刚上课 10 多分钟，教室在二楼的赵春林和 60 多位同学立即感到天昏地暗，地动山摇，随后就被高大沉重的预制板砸倒，埋在废墟中，右手疼痛难忍。

此时头脑中一片空白的她只能凭着求生的本能，向外挣扎，但是右手已经不听使唤，左手也软弱无力。

此时，一双男生有力的手臂在她面前出现了，仿佛是灾难中的天使，帮她拨开砖石瓦砾，将她拽出正在继续下落的危险地带。春林透过浓重的尘雾，定睛一看，发现前来援助她的正是同一个乡镇的同学杨彪。他俩初中就在一个中学就读，高中又一起考上了县城的这所重点中学。

春林爬出废墟，用残存的左手拉杨彪，却怎么也拉不动，原来杨彪已被高大沉重的预制板死死压住了下半身，此时的杨彪用残存的力量摆摆手，用眼睛示意春林赶紧离开危险地带，随即，杨彪就昏过去了……

说到这儿，记者看到，春林侧过脸，伤心的泪水滑落面颊。后来春林再也没有找到杨彪，不知是因失血过多，长眠地下，还是奇迹发生，死里逃生？

记者听后，感怀不已，杨彪平时可能就是一位普通的同学，但在生死时刻，却表现出人性的光辉，在已经身受重伤的情况下，还在用残存的力量营救同学脱险。如果杨彪不死，我们该有多少后续的美丽故事可以期待？救命同学杨彪，你在哪里？

血奶

没人知道她们从哪里来，不知道名字的女人和孩子成了淮河村的一个谜。女人白天总用一根长竹竿在河里探来探去，晚上则一个人坐在河边或坝头上，对着河水发呆。

女人住在村西头靠近河边的河神庙里。由于年久失修，庙已非庙，显得破败不堪。五年前，这里曾住过一个军人，说是勘测水文搜集资料的。1998年抗洪救灾的时候，军人在这里牺牲了，没人记住他的名字。半年后女人就来了，村里人谁也没想过女人和那个军人会有某种瓜葛。

村里的女人们同情女人，也可怜女人，对女人住在村里的破庙没说什么，女人对女人总能有一种迁就。村里的男人们觉得这个女人虽然有些怪异，但也没表示反对，女人就这样很自然地住了下来。

没想到的是，还不到一年的时间，女人就突然生了个孩子。在乡下人眼里，她毕竟没男人，没男人的女人生了孩子意味着什么?村里的女人们对女人的同情和可怜随即就成了辱骂，边骂边看紧了自家的男人。男人们虽不敢声张，但也真想攥紧拳头，把那个下流的、龌龊的家伙砸个稀巴烂。

一天，两天，一个月，两个月，女人仍住在破庙里，忍受着辱骂，背着孩子，光着脚，敞着怀，继续每天拿着竹竿在河水里认真地探来探去。

这一夜，和往常的夜没有什么区别。只是当整个村子都还在沉睡中时，小庙却在突如其来的暴雨中倒塌了。

刹那间,女人和孩子像坠入了无底的山谷,坠入了漆黑无边的废墟。惊惧、恐慌之中,女人用整个生命保护着孩子。所幸的是,女人和孩子都没有因此而失去生命。只是,女人和孩子被这倒塌的废墟死死地困住了。风雨交加的夜里,女人的呼救声微弱得像蚊蝇,没有人听见。

饥寒交迫中,女人把孩子紧紧地搂在怀里,生怕会再有一次毛骨悚然的灾难而惊吓到孩子。可是,孩子仍在女人的怀中不停地号啕大哭。女人慌乱地解开衣服,把红润的乳头送到孩子嘴里,孩子张开粉红的小嘴,一下子就吸住了,就像汲取大地的乳汁。

看着孩子美美吃奶的样子,女人这才知道,孩子是饿了。

一天一夜后,滴水未进的女人,奶水已越来越少。黑暗笼罩着这对无依无助的母子,正一点点吞噬着女人的心灵。

三天三夜后,孩子只能在女人怀里吮吸着干瘪的乳房,却再也吮不出一滴奶,虚弱得连一点儿力气都没有了。黑暗、窒息让女人心中的那盏灯一点点微弱下去,但灯还没有完全熄灭,它在耗着最后的一点儿能量。摸着孩子的小脸,女人挣扎着,不知哪来的力气,拼命在眼前的废墟中胡乱抓着,期望能在这废墟中找到一点点可喂孩子吃的食物。

女人的手指突然碰到了一颗钉子,一颗钉穿木楔的钉子,钉子划破了女人纤弱的手指,形成一滴血花。女人浑身猛一激灵,没有丝毫犹豫,就把钉子刺进了自己的食指,然后将手指塞进了孩子的嘴里。鲜红的血汩汩而出。女人在黑暗中看不见孩子的样子,但她能感觉到孩子的生命在一点点旺盛起来。

四天四夜后,村民们在清理这片废墟的时候才想起女人和孩子。待村民们挖开废墟,找到女人和孩子后,一幕场景令所有的人惊呆了:孩子竟然还活着,小嘴吮吸着女人的一根手指。女人已经安静地死去,脸像棉花一样苍白。就在村民们抱起孩子的时候,他们惊奇地发现,女人每个手指尖都戳破了一个小洞,指尖的血已经凝结成黑色,女人的手指是那种令人目不忍视的样子，但脸上却挂着一丝淡淡的微笑，心满意足的微笑。

女人贴胸口藏着一张军人照片。

站在废墟中的村民们，个个泪流满面。

直面天灾的抉择

“妈妈,我想你!”

“瑞瑞乖,等你快快长大点,妈妈把你带到彭州读书。”

“好!……”

这是地震前夕,四川省彭州市公安同政工监督室民警蒋敏和她远在北川县,朝思暮想的两岁小宝贝的最后一次电话联系。

蒋敏的丈夫在成都工作,他们有一个可爱的女儿瑞瑞,由于夫妻工作繁忙,无暇照顾孩子,瑞瑞只好随外婆住在北川。

坚强的蒋敏也有抹眼泪的时刻,她曾对同事说:近3个月没有回过北川老家,亲生女儿竟然认不出妈妈,自己想要抱她,女儿却挣扎着边哭边往外婆怀里钻。

对于年轻的蒋敏来说,女儿的疏远是对内心巨大的冲击,但这不是最让她心痛的,她心灵深处最愧疚的莫过于父母,这是一笔永远也还不清的亲情账:父母从小养育自己和弟弟,现在自己和弟弟工作都在他乡远离父母,不能让父母享受儿女绕膝的天伦之乐。父母之上,还有年迈的爷爷奶奶需要照顾,父母脸上那一道道皱纹是磨出来的,是累出来,更是对远离北川的子女牵挂、操心出来的。

蒋敏常说,等自己条件好些,一定把父母、爷爷奶奶、女儿一起接到身边,好好享受合家团圆的滋味,这是她最大的心愿。

有句话讲，最不能等的是孝顺，子欲养而亲不在是人生的一大悲哀。然而，谁也没有料到最残酷的现实摆在了这个孝顺的女儿面前。

2008年5月12日14时28分，汶川8.0级强烈大地震发生。

没有更多的犹豫，全局民警紧急集结，按照市局紧急情况处理预案的安排投入抢险救灾。蒋敏也是民警中坚力量的一员，在地震灾难来临后，抛却个人安危，投入抗震救灾的滚滚洪流。

19时10分，出门巡逻回来待命的蒋敏再次拨动那串再熟悉不过的电话号码，电话通了!然而，始终是令人揪心的忙音。

天渐渐黑下来，一如人们心头那越来越浓厚的灾难阴影。不知是谁的收音机声音在耳边沉重地回荡：北川老县城被塌方山体全部掩埋，目前，确定死亡人数大约三千余人……

气氛变得紧张，蒋敏按捺不住内心的牵挂，继续拨打北川县家里亲人的电话，周围很嘈杂，但气氛却死寂。

20时30分，电话依然忙音。

收音机里的关于地震引发的飞沙走石、断桥毁屋的新闻也显得越发沉重。

天空开始下雨，悲情笼罩着整座漆黑的城市。

蒋敏的丈夫从成都赶来了，见到彼此平安，焦急的心情总算得以片刻的舒缓。

此时，大批的民警再次集结，上街面巡逻。

民警开始依次报数。谁也没有听出喊出响亮“43”的蒋敏有何异样。

然而，毕竟没有谁能阻挡住天灾的肆虐。13日凌晨6时许，一个电话让蒋敏泪如雨下。电话里蒋敏的舅舅哽咽地说，她的爷爷、母亲、女儿……除了蒋敏的舅舅，她在北川的全部家人近十口几乎已经确认死亡。蒋敏悲痛欲绝。

然而，灾情严重，警力极端紧张。蒋敏让丈夫回老家营救转移亲人，自已却留在了岗位上。

14 日,15 日,16 日,直到此时此刻……同事们看到已经脱了形的蒋敏,青黄色的脸,走路打飘的样子,心里发酸。但她依然像别的民警一样,出门抢救伤员,上街维护秩序……坚守在自己的岗位上。

这是一个失去了幼女未来得及好好疼爱她的年轻母亲,一个失去了父母未能尽孝的女儿,她在大难来临之后,为了更多的母亲和孩子,为了更多的父母兄弟,忍住巨大伤痛,不惮艰险困苦,恪尽职守,用自己柔弱的肩膀分担起更多人的苦难。

她叫蒋敏。她还有另一个沉甸甸的名字,叫作人民警察。

生命危险

在我人生路上最暗淡的那段日子里——但凡平民百姓都有这种体验——我完全失去了生活的勇气，心浮气躁四处浪荡像那找不到羊肉泡馍馆子的狗。后来，我想到那位来自阿尔泰的哈萨克猎人，虽然老了举不动猎枪了毕竟还是见多识广阅历丰富，兴许能找出点乐子来，于是我便不请自到地找上门去。猎人的子女都忙事儿去了，我在猎人那儿整整泡了一天，两人灌下去了两瓶伊犁特曲，吃掉了两盘手抓肉，直到窗外漆黑一团，我还没有离去的意思。老猎人慈祥地望着我，泛红的脸上闪着油亮亮的光，说真主保佑，我的孩子，我还是给你讲一个雪原狼的故事吧，雪原上，醒酒最快的就是狼。

那时节，老猎人当然还很年轻，他跟他的四个伙伴挎枪骑马行走在漫无边际的雪原上。时值傍晚，老猎人无意间一回头，只见远处一片绿荧荧的光晃动着射过来。是狼群!老猎人惊叫出声，酒顿时醒了。这是几十条以上的狼群，是猎人最犯憷的“跟枪跳”，没法儿打，猎手之间也无法互救，能否生还，全凭各人的胆识和本事。眨眼之间，绿荧荧的光已带着浓烈的血腥味扑到了百米以内，齐声一嗥，似有喉间的血痂撕裂开来的感觉。老猎人双脚一磕，打马就窜。情急之间，他看到每一匹乘骑的屁股后面都拖上了长长的跳跃着绿光的“尾巴”。老猎人知道，谁要是甩不掉这条“尾巴”，世界的大门就会朝谁关闭了。他一拽缰绳，马匹斜冲过去，但后面的“尾巴”也随之弓成一个弯射上来，"嘭"的一声，一团绿光弹起来挂在他的背上，触电般地一痛，立即有刀割一般的寒气钻入肌肤。紧接着，又有好几团绿光弹起来，抓在他的腿上、肩上、胳膊上。绿光闪烁之间，他看到了白惨惨的牙和血艳艳的舌头，其中一团绿光居然挂在了马头上。老猎人不顾疼痛，一杆猎枪在飞奔中舞成了一盘飞转的磨。他腾出手来，摸出匕首，狠狠地往马屁股上一扎，马痛极而嘶鸣，撒开四蹄狂奔起来，冰河断崖灌木丛，统统踩在了脚下。渐渐地，狼群被甩开了，距离慢慢拉开，终于归于消失。生还的老猎人背上掉了两片皮，腿上掉了一坨肉。除他之外，他的伙伴仅有一人生还。其中一个，因为体弱多病且动作一贯缓慢，没跑出千米就被狼群从马上拖下来，事后连一块骨头都没能找回来。有一个倒是生还了，可惜吓破了胆，子夜时分便永远地闭上了眼睛。

我抹了一把脑门，满手是汗。我说这太可怕了，幸亏是在城里住，与狼无缘。老猎人淡淡一笑，说我的孩子，确切地讲，这种狼还不是最可怕的，最可怕的是时间之狼，不管你遇到什么事，你都必须跑在它的前面才行，否则后果不堪设想。好了孩子，抖擞精神该干什么还是干什么，这般样子，可是有生命危险呢。

话从老猎人口里出来，我犹如被一盆冷水兜头而下，不由得打了一个寒战。是呀，实在是太可怕了，人只要活着，就逃脱不了时间这条最凶猛最无情的狼的追逐。它可不管你是豪门骄子还是寒门弃儿，只要你停下来，它就会无情地将你吞噬，连块骨头都不会留下来。日子暗淡，那便是时间之狼留在你身上的齿痕，你已经受伤了，还敢以"伤"为理由而放弃生命的张扬和拼搏吗?我不敢再想下去了。我明白过来，不管我干什么，不论我走哪条道，需要的是赶紧跑起来。时间之狼，正闪着绿光，露出尖齿，抖动着血红的舌头，箭一般往上蹿着呢。

乐观看待不可改变的事实

在荷兰阿姆斯特丹，有一座15世纪的寺院，寺院的废墟里有一块石碑，石碑上刻着："既已成为事实，只能如此。"在人生漫长的岁月中，你一定会遇到一些令自己心痛的情况。但无论什么不幸降临到你身上，你都可以照着哲学家威廉·詹姆斯说过的话去做："要乐于承认事情就是这样的情况。能够接受已发生的事实，就是能克服任何不幸的第一步。"

大学时代，我认识了一个年轻人，他脸上有一块巨大的胎记。紫红色的胎记从他的左侧眼角一直延伸到嘴唇边，看上去就好像是有人在他的脸上竖着划了一刀。他那英俊的脸由于胎记而变得狰狞吓人。

但是，外表的缺陷丝毫掩盖不了这个年轻人友善、幽默和积极向上的性格，凡是和他打过交道的人，都会不由自主地喜欢上他。他还经常参加演讲。刚开始时，观众们的表情总是惊讶、恐惧，但等到他讲完，人人的心里又都心悦诚服，场下掌声雷动。每到此刻，我都暗暗叹服他的勇气。那块胎记一定曾带给他深深的自卑，因为并不是每个人都能克服这么严重的心理障碍，而在众人迟疑的目光里谈笑自如的。

我们成为最好的朋友后，有一天，我向他提出了这个藏在心里很久的疑问："你是怎么应付那块胎记的呢?"我言下之意是：你是怎么克服那块胎记带给你的痛苦的呢?

他的回答让我一辈子都不会忘记。

他说:“应付?我向来都以它为荣呢。很小的时候,我父亲就告诉我:‘儿子,你出生前,我向上帝祷告,请他赐给我一个与众不同的孩子,于是上帝给了你才能,还让天使给你做了一个记号。你脸上的标记是天使吻过的痕迹,他这样做是为了让我在人群中一下子就能找到你。当看到你和别的婴儿一起睡在婴孩室里时,我立刻知道,你是我的!’”

他接着说:“小时候,父亲一有机会就给我讲这个故事,于是我以后对自己的好运气便深信不疑。我甚至会为那些脸上没有红色‘吻痕’的孩子难过。我当时以为,陌生人的惊讶是出于羡慕。于是我就更加积极努力,生怕浪费了上帝给我的才能。长大以后,我仍然觉得父亲当年没有骗我,每个人都从上帝那儿得到了才能,每个人对父母来说都是与众不同的。而正因为有了这块胎记,我才会不断地奋斗,取得了今天的成绩,它何尝不是天使的吻痕、幸运的标记呢!”

大多数人身上有缺陷时,都会从小就产生一种不如别人的自卑感。不少从生理上的残疾,发展到心理上的残疾,这是非常悲哀的事情。

事实上,无论上天在我们身上带来了什么缺陷,我们都可以把它看作是上帝送给我们的礼物。

笑对人生残局

上天给你的人生一个残局，很多时候是希望你赢得更加精彩的胜利。正如法国大文豪罗曼·罗兰曾说:“累累的心灵创伤，就是生命给你的最好的东西,因为,每个创伤上面都标志着迈向成功之路的记号。”

人若以命运来划分,大致可以分为两种:一种人生来就走运,一种人生来就倒霉。台湾残疾画家谢坤山显然属于后一种。他似乎生来就和好运无缘,却总是与霉运结伴,倒霉了一次又一次,也倒霉得一塌糊涂,简直可以称为“倒霉家”。

由于家境贫寒,谢坤山很早就辍了学。生活的贫困使他很小就懂得父母的劳苦与艰辛。因而从12岁起,他就到工地上打工,用他那稚嫩的肩头支撑着这个家。然而命运偏不垂青这个懂事的孩子,将灾难一次又一次地降临到他的头上。16岁那年,他因误触高压电,失去了双臂和一条腿。23岁时,一场意外事故,又使他失去了一只眼睛。随后,心爱的女友也悄然离他而去……

面对人生接踵而来的打击,谢坤山并不抱怨,也没有因此沉沦。为了不拖累可怜的父母,也为了不拖垮这个特困的家庭,他毅然选择了流浪。带着一身残疾上路,独自一人与命运展开了搏斗。

在流浪的日子里,谢坤山一边忙于打工,挣钱糊口;一边忙于公益,救助社会。后来,他渐渐地迷上了绘画,他想重新给自己灰色的人生着色。

起初，谢坤山对绘画一无所知，他就去艺术学校旁听，学习绘画技巧。没有手，他就用嘴作画。先用牙齿咬住画笔，再用舌头搅动，嘴角时常渗出鲜血。少条腿，他就“金鸡独立”作画，通常一站就是几个小时。他尤其爱在风雨中作画，捕捉那乌云密布、寒风吹袭的感觉……就在他人生最困顿的时候，一个名叫也真的漂亮女孩，不顾父母的强烈反对，毅然走进了他的生活。

有了一个支点后谢坤山更加勤奋作画，到处举办画展，作品也不断地在绘画大赛中获奖。苦心人，天不负。后来，他终于赢得了人生的残局。他不仅赢得了爱情，有了一个幸福美满的家，而且赢得了事业，成为很有名的画家，同时也赢得了社会的尊重。他的传奇故事，在台湾早已家喻户晓，他本人也成为无数青年的楷模。曾有人问他：“假如你有一双健全的手，你最想用它做什么？”他笑着说：“我会左手牵着太太，右手牵着两个女儿，一起走好人生的路。”

其实，人生就是一盘棋，而与你对弈的是命运。即便命运在棋盘上占尽了优势，即使你剩下一盘残局，你也不要推盘认输，而要笑着面对，坚持与命运对弈下去，因为，人生往往就在坚持中获得转机！

不能流泪就微笑

大文豪海明威说过:“人可以被打败,但不可以被打倒。”只要你心中有光,你同样可以101次站起来,把苦涩的微笑留给昨天,用不屈的毅力和信念赢得未来。因为很多时候,击败我们的不是别人,而是自己对自己失去了信心,熄灭了心中的希望之光。

在美国某处的一座山丘上,建筑着一间很特别的房子。这间房子不含任何有毒物,完全以自然物质搭建而成,身处里面的人完全需要由人工灌注氧气,并只能以传真与外界联系。

这间特殊房子的主人叫辛迪。1985年,辛迪在医科大学念书,有一次到山上散步,带回了一些蚜虫。她拿起杀虫剂为蚜虫去除化学污染,却感觉到一阵痉挛,原以为那只是暂时的症状,没料到自己的后半生却毁于一旦。杀虫剂内含的化学物质使辛迪的免疫系统遭到了破坏。她对香水、洗发水以及日常生活接触的化学物质一律过敏,连空气也可能使她的支气管发炎。这种“多重化学物质过敏症”是一种慢性病,目前尚无药可医。

患病头几年,辛迪睡觉时口水流淌,尿液变成了绿色,汗水与其他排泄物还会刺激背部,形成疤痕。她不能睡经过处理的垫子,否则会引发心悸。辛迪遇到的这一灾难所承受的痛苦是令人难以想象的。1989年,她的丈夫吉姆用钢与玻璃为她盖了一个无毒的空间,一个足以逃避所有威胁的世外桃源。辛迪所有吃的、喝的都经过选择与处理,她平时只能喝蒸馏水,食物中不能含有任何化学成分。

这么多年来，辛迪没有见到过一棵花草，听不见悠扬的声音，感觉不到阳光、流水。她躲在无任何饰物的小屋里，饱尝孤独之余，还不能放声大哭。因为她的眼泪跟汗一样，也可能会成为威胁自己的毒素。

但是，坚强的辛迪并没有在痛苦中自暴自弃，她不仅在为自己，也在为所有化学污染的牺牲者们争取权益而奋战。1986 年，辛迪创立了“环境接触研究网”，致力于此类病变的研究。1994 年再与另一组织合作，创立“化学伤害资讯网”，保证人们免受威胁。目前这一“资讯网”已有 5000 多名来自 32 个国家的会员，不仅发行刊物，还得到美国、欧盟及联合国的支持。

生活在这个寂静的无毒世界里，辛迪却感到很充实。因为不能流泪的疾病，使她选择了微笑。

为国殉难的颜真卿

唐朝的时候，有个地方官叫李希烈，为实现个人野心，发动叛乱，四处烧杀抢掠，使百姓遭难，国家也受了损失。怎么办呢?当朝宰相就向皇帝建议，让太师颜真卿去劝说李希烈归顺朝廷。皇帝同意了，就让年过七十的颜真卿去见李希烈。其实，这是那个宰相出的坏主意。因为颜真卿为人正直，不肯巴结讨好，得罪了宰相。宰相明知李希烈不会归顺，却让颜真卿去，想借刀杀人。颜真卿也深知此去凶多吉少，可为了国家的安宁，他毫不犹豫地去了。

果然，李希烈见到颜真卿，立刻让部下拔出刀，围着他破口大骂，说要吃他的肉。颜真卿挺身屹立，怒视着叛贼。李希烈等人劝他投降，他说:“我来劝你们投降，你们反来劝我，我岂能受你们的利诱威胁。我快八十岁了，还怕死吗?”

李希烈命人挖了坑，要活埋他。颜真卿冷笑说:“我既然敢来，就不怕死，要杀就杀!”他为自己写好了祭文和墓志，做好了死的准备。

过了些日子，李希烈又叫人堆上柴草，点着火，对颜真卿说:“不投降就烧死你!”颜真卿视死如归，毫不犹豫地向火堆扑去，倒是那伙人吓得把他拉住了。李希烈见颜真卿软硬不吃，决定杀了他，派人去把他勒死了。颜真卿就义前，仍大骂不止，表示自己为国尽忠决不屈服的意志。这位爱国老人为国家献出了自己的生命。

一队身陷绝境的伞兵

第二次世界大战中的一次大战役中，盟军的一队伞兵因飞机偏航而误投绝境。他们被捕了。

在德兵的刺刀下，俘虏们做着苦役，身形憔悴，支撑他们的是盟军一定会打过来的信念。

枪炮声一天天近了，德军脸上的乌云也越来越重了。一天黄昏，一阵急促的号子把俘虏们赶成一长排，周边是荷枪实弹的德国士兵，伞兵们一下子就明白了将要发生的事情。

一位年轻伞兵的手剧烈颤抖着。他想起了爸爸妈妈，还有可爱的未婚妻。他的眼睛湿润了。一位老兵紧紧抓住了他的手："兄弟，我们不哭!"

一瞬间，所有的伞兵一个接一个地把手拉在了一起。

天地无声，枪炮声突然响了。万分巧合的是盟军在这一刻发动了进攻，正义的枪弹压过了屠杀的子弹，一些伞兵幸免于难，其中有那位年轻的伞兵。后来，他随大军攻克了柏林，当他凝望着纳粹旗帜降下时，他想起了那位拉他手的已牺牲的兄长。他噙着泪喃喃自语："兄弟，我们不哭!"

数十年之后，那种闪耀着人类光辉的精神，依然撼人心魄。

一位老奶奶画家

她出生在美国纽约州乡下的一个农民家庭，一生下来就没有见过父亲。上小学四年级时，母亲和一个相爱已久的黑人青年离家出走，从此杳无音讯，为了生计，她只得辍学到一家农场当雇工。她每天5点起床，要做30多人的早饭，然后去割干草、照料牲畜、熬奶油，一直到晚上10点才能上床睡觉。

这样的劳作一干就是16年。27岁时，她与在另外的农场干活的一个青年雇工托马斯结婚，先后生育了11个孩子。婚后的几十年里，她几乎没离开过家，日子都是在照料孩子的忙碌生活中度过的。

40年过去了，她67岁时，丈夫被马踢伤，不久便不治身亡，她就和小儿子夫妻一起生活。从这时起，她患风湿症的手指开始麻木，失去了劳动能力。时间一长，连小儿子也开始嫌弃她了，觉得她是一个多余的人。为了恢复手指功能，70岁时，她用自己过去使用农具和织针的手拿起了画笔。说是画笔，其实不过是一把现成的刷漆用的板刷。她用这把板刷蘸着刷门廊和厨房地板用的油漆开始画起画来。

小儿子一家人完全漠视她的存在，任由她每天在自己的房间里四处涂鸦。直到她创作的第一幅作品《农场·秋》装饰在托马斯·德拉格斯特亚的商品陈列窗时，小儿子才大声惊呼："天哪，原来我妈妈是个画家!"此时，她已经75岁了，人们从《农场·秋》的署名上，第一次知道了她的名字：安娜·麦阿利·莫泽斯。

很快,“莫泽斯老奶奶画家”称号传到纽约,纽约的各大报刊相继刊载了莫泽斯的作品,人们被她古稀之年学画画的精神所感动,更被她作品中所表现出来的原始而古朴的气息所震撼。不久,莫泽斯的作品又传到了国外,法国罗浮宫近代美术馆收购了她的一幅作品,出价高达 100 万美元。在普希金美术馆举办莫泽斯的作品展时,排队参观的人达 11 万之多。“莫泽斯老奶奶圣诞贺片”年销售量多达 2500 万张。

莫泽斯是个幸福的人。从她 70 岁拿起画笔到 101 岁去世前的三十多年里,她一共创作出了近 300 幅作品,其中有 100 多幅作品被世界各地的美术馆所收藏。她去世时,成千上万的美国人自发地为她送葬。

寻找生命的意义

一位老太太正带着家人在伊豆山温泉旅行。有个名叫乔治的十七岁少年在伊豆山投海自杀,被警察救起。他是个美国黑人与日本人的混血儿,愤世嫉俗,末路穷途。老太太到警察局要求和青年见面。警察知道老太太的为人,同意她和青年谈谈。

“孩子,”她说时,乔治扭过头去,像块石头,全然不理,老太太用安详而柔和的语调说下去,“孩子,你可知道,你生来是要为这个世界做些除了你以外没人能办到的事吗?”

她反复说了好几遍,少年突然回过头来,说道:“你说的是像我这样一个黑人?连父母都没有的孩子?”老太太不慌不忙地回答:“对!正因为你肤色是黑的,正因为你没有父母,所以,你能做些了不起的妙事。”少年冷笑道:“哼,当然啦!你想我会相信这一套?”

“跟我来,我让你自己瞧。”她说。

老太太把他带回小茶室,叫他在菜园里打杂。虽然生活清苦,她对少年却爱护备至。生活在小茶室中,处身在草木苍郁的环境,乔治慢慢地也心平气和了。老太太给了他一些生长迅速的萝卜种,十天后萝卜发芽生叶,乔治得意地吹起口哨来。他又用竹子自制了一支横笛,吹奏自娱,老太太听了称赞道:“除了你没有人为我吹过笛子,乔治,真好听!”

少年似乎渐渐有了生气,老太太便把他送到高中念书。在求学那四年,他继续在菜园内种菜，也帮老太太做点零活。高中毕业，乔治白天在地下铁道工地做工，晚上在大学夜间部深造。毕业后，在盲人学校任教，他对那些失明的学生关怀备至。

“现在，我已相信，真有别人不能只有我才能做的妙事了。”乔治对老太太说。

“你瞧，对吧?”老太太说，“你如果不是黑皮肤，如果不是孤儿，也许就不能领悟盲童的苦处。只有真正了解别人痛苦的人，才能尽心为别人做美妙的事。你十七岁时，最需要的就是有人爱惜你，没有人爱惜，所以那时想死，是吧?你大声呐喊，说你要的根本不可能得到，根本就不存在——可是后来，你自己却有了爱心。”

乔治心悦诚服地点点头。

老太太意犹未尽，继续侃侃而言：“尽量爱护自己的快乐。等到你从他们脸上看到感激的光辉，那时候，甚至像我们这样行将就木的人，也会感到活下去的意义。”

这样的战士

安县的高川镇被发现道路毁坏,灾民无法出来后,指挥部立即调配昆明的一支陆军抢险部队赶赴现场,下死命令,要求尽力营救灾民。这个满脸稚气的年轻士兵说,他 15 日晨抵达高川镇抢险,高川镇整条山路都毁了,塌方的泥石流从高川镇所在的山脚下延伸到村民聚居的地方,单程需要 7—8 个小时。战士们采用接力的办法营救灾民。严情勇负责的一段山路,背着食品爬上山需要两个半小时,背着伤员下山需要 3 小时,他一度连续往返 20 余趟,中间没有休息过。

16 日,他突然觉得腹痛,由于救灾任务重,他也没当回事,继续和战友们一起扛着包行进救援,第二天当他背着 50 公斤粮食进山时,腹痛加剧,像是有什么东西卡住了肠子,异常难受,可他没有吭声,只是把腰带紧了紧,死死扎住痛处。

第三天,他背着一名老奶奶蹒跚着向山外行进,突然身子一歪,但他仍拼命用手撑住地面,将老奶奶轻轻放下,捂着肚子晕了过去。

看到严情勇倒下,战友们立即围了过来,灾民拿出战士们背进山里的水,轻轻洒在他的头上,队长立即决定将其转到灾区医院。

救护车疾驶,他被送进安县上海二军大长征医院的急救帐篷,普外科主任陈学运教授、江道政教授紧急为他会诊,由于疝气引起大网膜穿孔,小肠已流进阴囊造成肿大,变成了嵌顿性腹股沟疝,必须立即手术,否则肠坏死,危及生命。

两位教授亲自主刀。一个小时后,小严的肠复位了,可是由于时间太久,大网膜已经坏死部分,只能切除,进行高位结扎。江教授说,手术很成功,对以后的生活不会有影响,这种病完全是因为过度劳累和负重造成的,肠子穿孔的疼痛非常人所能忍受,何况小严肠穿孔三天还在来回负重奔波,那是何等痛苦啊。

护士长王静华是一个参加过自卫反击战的老兵,小严被推下手术台后,她带着护士们为他清理全身,更换衣物,看着他十个磨烂的脚趾和背脊上严重的压痕,还有为了止痛用武装带紧紧勒住腰部造成的紫痕,大家都哭了,这才多大的孩子啊!医疗队最小的护士是1985年出生的,可这个战士出生于20世纪90年代,这么小的年纪为了救人忍受着常人不能忍受的痛苦。大家为他换上全套干净的衣服,可是他太累了,没有被惊醒。

看到记者要采访,王护士长拉着记者去看小严的行军背包,进入灾区时刚发的新背包,这时已看不出它本来的模样了,除尘土外,所有地方都磨了一遍,背包的盖子已被顶破,他们为了给灾民多送点物资,每天都拼命往里塞。

护理部总长杨亚娟,每隔10分钟都要用湿润的纱布轻轻沾湿小严干涩起泡的嘴唇,用母亲般的目光看着熟睡的小严。她说小严是幸运的,他坚强的意志和军人的使命救了他,肠穿孔这种突发疾病最忌讳的就是在发病时吃东西、喝水,小严的背囊里全是水和食品,可他愣是没有动,全部送进山里给灾民了,发病的这三天,小严几乎没有进食,这也为抢救他提供了良好的条件。

经历风雨的洗礼，生命才会更完美

据说，在鸟类中寿命最长的当属老鹰，它的寿命可达70岁。但是如果想活到70岁的话，它就必须在40岁的时候做出困难而重要的抉择。因为当老鹰40岁的时候，它的爪子开始老化，不能够牢牢地抓住猎物；它的喙会变得又长又弯，几乎能够碰到胸膛；它的翅膀也变得十分沉重，使它在飞翔时非常吃力。此时，它只有两种选择：要么等死，要么经历一次十分痛苦的过程来蜕变和更新，这样才能继续活下去。

这是一个漫长的过程，它需要150天的锤炼。

首先，老鹰必须得努力地飞到山顶，在悬崖的顶端筑巢。接下来要做的是用喙不断击打岩石，直到旧喙完全脱落，然后忍受饥饿，静静地等待新喙长出来。之后，还要经历更为痛苦的过程——用新长出来的喙把旧指甲一根一根地拔掉。当新指甲长出来以后，老鹰再把旧的羽毛一根一根地拔掉，等待长出新的羽毛。经过这一番锤炼，老鹰才能开始重新飞翔，从此得以再续三十年的岁月。

生命只有一次

在非洲的戈壁滩上，有一种叫依米的小花。花呈四瓣，每瓣自成一色：红、白、黄、蓝。它的独特并不止于此，在那里，根系庞大的植物才能很好地生长，而依米花的须根，却只有一条，蜿蜒盘曲着插入地底深处。通常，它要花费 5 年的时间来完成根茎的空插工作；然后，一点一点地积蓄养分；在第 6 年春，才在地面吐绿绽翠，开出一朵小小的四色鲜花。尤其让人惋叹的是，这种极难长成的依米小花，花期并不长，仅仅两天工夫，它便随母株一起香消玉殒。

依米花的生长和蝉的生命历程有着惊人的相似。它们只是大自然万千家族中极为弱小的一员，可是，它们却以其独特的生命方式向世人的昭告：生命只有一次，美丽只有一次。

一次，便足矣!

一次的青春，一次的成功，一次的勇往直前，一次的轰轰烈烈，一次的无悔人生……

一次，仅仅一次，却需要长时间坚忍不拔的进取和历尽艰辛的跋涉，它甚至需要耗尽一个人一世的光阴、毕生的精力!

人生的路途远比依米花的一生漫长，可是，在这段漫漫求索的艰辛历程中，我们不一定会比依米花做得更好。

登山的启示

和朋友探讨登山体验，小马告诉朋友，他家面对着的远方有一座山，他常常看见它出现在晨光下又湮灭在夕阳的余晖里。有一天，他对自己说，一定要登上它，于是天蒙蒙亮就出发了。

看似很近的一段路却走了很久，小马来到山脚下的时候，已是中午时分。想到马上就要征服这座山，小马兴奋得未做任何休息就开始登山了。不太高的一座山，布满了丛生的荆棘和嶙峋的怪石，不一会儿，他的手指就破了，接着衣袖和裤脚被撕开了几个口子。他全然不顾，继续攀爬，好不容易来到离山顶还有十多米的地方，他被一大片灌木丛挡住了去路。象征山顶的那块大岩石就这样被灌木丛紧紧包围着，像被鬼神守卫着的宝玉一样。

小马攀到一块岩石上，想尝试一条前进的路，换来的却是失望——除了穿越这片灌木丛，他绝无可能登上山顶!

两块岩石一片灌木丛，只不过区区十多米的距离，对他来说就像十万八千里一样难以跨越。“放弃吧，所有的努力都要前功尽弃，我便是个彻头彻尾的失败者；硬闯吧，确是有可能登上山顶，但那灌木丛里不知藏有多少凶险的危机，万一出什么意外，在这荒山野地里又有谁能帮助我拯救我?”

坐在岩石上，看着触手可及的成功，任由狂风吹袭，他陷入了沉思……

“这还有什么好想的?换了我啊不管有多危险都会勇往直前，还差一点点就成功了，能放弃吗?”朋友插话道。

“后来我确实放弃了，在我看着家的方向的那一刻。”朋友看着小马，露出惊讶的表情。

“是的，在犹豫不决的时候一看到家，我的心里就有了答案。我的一发一肤都受之父母，我的生命并不仅仅属于自己，还属于所有关心爱护我的人们，我不能因为一个只具象征意义的登顶而拿生命去冒险!”

然后，小马就下山了，一路上嗅着不知名的野花香，他觉得自己从来没有一刻像那样认真地感受生命的真实与精彩。回到家的时刻天快黑了，遥望远山，它依旧沐浴在夕阳淡淡的光晕里，他突然领悟到：人生的价值是不能拿山峰的高度去衡量的。

献给警察的诗

芝加哥市警察杰伊·布隆基拉在逮捕毒贩时中枪殉职。事后不久，他的同行、服务警界已 20 年的肯恩·纳普席克下班回家时，发现自己 15 岁的女儿在餐桌上留了一个条子。

爸爸：

这首诗是我的肺腑之言。我很爱你，因此，每天你为了供养我们而出去冒各种危险时，我都提心吊胆。我写这首诗，是要表达。我对你的深爱，并且让你知道，如果没有你，我会多么失落。

儿子：劳拉

劳拉那首诗题为“最好的警察”，是献给“世界上所有值得女儿全心去爱的警察，特别是我爸爸”的，内容讲一个警察的女儿看电视夜间新闻，看到她父亲遭受枪击。诗里面有几句说：“爸爸，我的爸爸，你听得到我哭吗？啊，老天爷，我需要我爸爸，请别让他死!”

纳普席克独自站在那里读诗。“我花了几分钟才读完，”他说，“我总是读几句便停下来，我努力控制我的情绪，然后继续读下去，但我还是忍不住。一面哭泣，一面读完了它。她以前从未告诉我她害怕。”

第二天，他把诗带回警察局给同事们看。“我一辈子都没有见过那么多大汉落泪，有些人甚至无法把诗读完。”

纳普席克一直把女儿的诗放在制服的口袋里，每天离家去上班时，都把它带在身上。

“稀世之宝”

一个生长在孤儿院的男孩常常悲观而又伤感地问院长：“像我这样没人疼没人爱的人，活在世上还有什么意思?”

院长总是笑而不答。

有一天，院长交给男孩一块石头，说：“明天早上，你拿这块石头到市场上去卖，但不是真卖，记住，无论别人出多少钱，绝对不能卖。”第二天，男孩蹲在市场角落，意外地有许多人向他买那块石头，而且价钱越出越高。回到院里，男孩兴奋地向院长报告，院长笑笑，要他明天拿到黄金市场上去叫卖。在黄金市场，竟有人出比昨天高10倍的价钱要买那块石头。

最后，院长叫男孩把石头拿到宝石市场上去展示。结果，石头的价钱较昨天又涨了10倍，由于给多少钱都不卖，竟被传为“稀世珍宝”。

男孩兴冲冲地捧着石头回到孤儿院，将这一切禀报院长。院长望着男孩，慢慢道：“生命的价值就像这块石头一样，在不同的环境中就会有不同的意义。一块普通的再不普通的石头，由于你的珍视，它的价值由一文不值变成稀世之宝，这不正是你的真实写照吗?只要看重自己，自珍自爱，生命就有意义，有价值。”

遗憾的是，不少人因为看轻了自己，自暴自弃，不思进取，甘于平庸，而一生虚掷。

把灵魂的耳朵叫醒

我想,这个故事一定能让你铭记终生。

有一个青年,二十多岁,正是青春年少,然而他却因杀人罪被判死刑,这是当时许多人意料之中的事。然而令人意想不到的是,他是自己到公安局投案自首的,而且宣判那天,他很平静。

他的父亲是当地数一数二的富商，对宝贝儿子的所作所为大为恼火，“恨铁不成钢”地责骂他犯傻。

曾经,他也是品学兼优的学生,有着一段朴实无华的少年时光,可是后来,他学会了逃学、打架、吸毒,以致最后杀人。执行枪决的前三个月,他被关在密封如笼的死囚房里,最大的心愿是能够快快结束生命。似乎,这个世界上已没有什么东西再让他留恋了,直到他看到了一只麻雀。

那天中午,他正蜷在牢房的一角,突然一声熟悉的声音传进寂静而空荡的牢房里,他像是听到了什么,站了起来,抬头向上看,脸上第一次露出了笑容——一只麻雀在铁网的网格间欢跳乱叫,还不时地歪着脑袋看他。

他一动不动地凝望着那只麻雀,没有人知道他都想了些什么。

只是从那一天开始,他天天望着铁网,他在等那只麻雀,但那只麻雀从此再也没有出现过。

后来,他开始在看守所的《新生》小报上发表一些自我反省的文章。他说,我没有想到,活到今天我第一次看到了麻雀。

很多人不明白他在说什么，但我明白，他是真的第一次看到了麻雀——有婴孩般的惊喜和真诚的怀念为证!

活到那一天,他只看到了一只麻雀,却是以死刑为代价的。

不要可怜或是同情他,更不要耻笑或蔑视他,想想我们自己,可曾看见过一只麻雀。

故事还没有完,但剩下的故事的结尾,他永远也不会知道了,就像他生命中的另一只麻雀,他永远地错过了。

接下来的故事是这样引起的。

执行枪决前,他诚恳地再三嘱托一个狱友出去后一定帮他了却一桩心愿。原来,初三时,与他同桌的一个女孩因贫穷不得不辍学,临走前女孩要他第二天送送她,并说有事求他。他猜想女孩是想向他借钱,他便准备好。可是,当天晚上他因打架受伤没能去车站,所以他想求狱友出去后,帮他找那个女孩解释一下,他不是故意失约的,他不是一个不讲信义的人。

一个劣迹滔天的死囚临终前的心愿竟是这样一个小小的牵挂! 我们没有理由感动,就像他看见了一只麻雀一样,何足挂齿。

但是我们错了——因为我们没有看见过一只麻雀。

后来,那个狱友出去后,找到了女孩,女孩已为人妻为人母了。听完一切后,她哭了:“十年前的那天我约他,并不是为了借钱,只是想带他到山里吃几天苦,见见他从来没见过的东西啊……”

听到这句话,我想每一个纯净的灵魂都会禁不住打一个冷战。谁会想到这一场误会竟成了他们两人之间的隔世之憾了。而那时,他本应看见麻雀及一切的啊!

然而,他错过了那一天,直到生命将止,他才看到了一只麻雀。他看到的那一只,也许正是我们应该去寻觅的那一只。把握自己的生命,把灵魂的耳朵叫醒,在一个平平常常的黎明里,去倾听一声鸟鸣,去领会一种语言……

这对每一个脆弱的生命都是最重要的。

宽容别人，能让你的心灵超越一切伤害

这是一场惨烈的战争，几乎所有的士兵都丧命于敌人的刀剑之下。

命运将两个地位悬殊的人推到一起：一个是年轻的指挥官，一个是年老的炊事员。

他们在奔逃中相遇，两个人不约而同地选择了相同的路径——沙漠。追兵止于沙漠的边缘，因为他们不相信有人会从那里活着出去。

“请带上我吧，丰富的阅历教会了我如何在沙漠中辨认方向，我会对你有用的。”老人哀求道。指挥官下了马，他认为自己已经没有了求生的资格，他望着老人花白的双鬓，心里不禁一颤：由于我的无能，几万个鲜活的生命从这个世界上消失，我有责任保护这最后一个士兵。他扶老人上了战马。

到处是金色的沙丘，在这茫茫的沙海中，没有一个标志性的东西，使人很难辨认方向。“跟我走吧。”老人果敢地说。指挥官跟在他的后面。灼热的阳光将沙子烤得如炙热的煤炭一样，喉咙干得冒烟。他们没有水，也没有食物。老人说：“把马杀了吧!”年轻人怔了怔，唉，要想活着也只能如此了。

“现在，马没了，就请你背我走吧!”年轻人又一怔，心想，你有手有脚，为什么要人背着走，这要求着实有点过分。但连日来，他都处在深深的自责之中，老人此时要在沙漠中逃生，也完全是因为他的不称职。他此刻唯一的信念就是让老人活下去，以弥补自己的罪过。他们就这样一步一步地前行，大漠上留下了一串深陷且绵延的脚印。

一天，两天……十天。茫茫的沙漠好像无边无际，到处是灼烧的沙砾，满眼是弯曲的线条。白天，年轻人是一匹任劳任怨的骆驼，晚上，他又成了体贴周到的仆从。然而，老人的要求却越来越多，越来越过分。他会将两人每天总共的食物吃掉一大半，会将每天定量的马血喝掉好几口。年轻人从没有怨言，他只希望老人能活着走出沙漠。

他俩越来越虚弱，直到有一天，老人奄奄一息了。“你走吧，别管我了，”老人愤愤地说，“我不行了，还是你自己去逃生吧。”

“不，我已经没有了生的勇气，即使活着我也不会得到别人的宽恕。”

一丝苦笑浮上了老人的面容：“说实话，这些天来难道你就没有感到我在刁难、拖累你吗？我真没想到，你的心可以包容下这些难堪的待遇。”

“我想让你活着，你让我想起了我的父亲。”年轻人痛苦地说。老人此刻解下了身上的一个布包：“拿去吧，里面有水，也有吃的，还有指南针，你朝东再走一天，就可以走出沙漠了，我们在这里的时间实在太长了……”老人闭上了眼睛。

“你醒醒，我不会丢下你的，我要背你出去。”老人勉强睁开眼睛，“唉，难道你真的认为沙漠这么漫无边际吗？其实，只要走三天，就可以出去，我只是带你走了一个圆圈而已。我亲眼看着我两个儿子死在敌人的刀下，他们的血染红了我眼前的世界，这全是因为你。我曾想与你同归于尽，一起耗死在这无边的沙漠里，然而你却用胸怀融化了我内心的仇恨，我已经被你的宽容大度所征服。只有能宽容别人的人，才配受到他人的宽容。”老人永久地闭上了眼睛。

指挥官震惊了，仿佛又经历了一场战争，一场人生的战斗。此时他才明白：武力征服的只是人的躯体，只有靠爱和宽容大度才能赢得人心。

关照别人，就是关照自己

美国黑人杰西克·库思曾经是美国一家名不见经传的小报记者。因为种族歧视，他在那家报社中感到四面楚歌，受人排挤。与别人交往更成了他最头疼的事情。

那时，美国的石油大王哈默已蜚声世界，报社总编希望几位记者能采访到哈默，以提高报纸的声誉与卖点。

杰西克便在心底暗暗发誓，一定要独立完成稿子，以便让他们不敢轻视自己。

有一天深夜，杰西克终于在一家大酒店门口拦住哈默，并诚恳地希望哈默能回答他的几个简短问题。

对杰西克的软磨硬缠，哈默没有动怒，只是和颜悦色地说："改天吧，我有要事在身。"

最后迫于无奈，哈默同意只回答他一个问题。杰西克想了想，问了他一个最敏感的话题："为什么前一阵子阁下对东欧国家的石油输出量减少了，而你最大的对手的石油输出量却略有增加？这似乎与阁下现在的石油大王身份不符。"

哈默依旧不温不火，平静地回答道："关照别人就是关照自己。那些想在竞争中出人头地的人，如果知道关照别人需要的只是一点点的理解与大度，却能赢来意想不到的收获，那他一定会后悔不迭。关照，是一种最有力量的方式，也是一条最好的路。”

哈默离去后，杰西克怅然若失地呆立街头。他以为哈默只是故弄玄虚，敷衍自己。当然那次采访也没有收到预期的效果，他一直耿耿于怀，对哈默那番不着边际的话更是迷惑不解。

直到10年后，杰西克在有关哈默的报道中读到这样一段故事——在哈默成为石油大王之前，他曾一度是个不幸的逃难者。有一年冬天，年轻的哈默随一群同伴流亡到美国南加州一个名叫沃尔逊的小镇上，在那里，他认识了善良的镇长杰克逊。

那天，冬雨霏霏，镇长门前花圃旁的小路便成了一片泥淖。于是行人就从花圃里穿过，弄得花圃里一片狼藉。哈默也替镇长痛惜，便不顾寒雨加身，一个人站在雨中看护花圃，让行人从泥淖中穿行。这时出去半天的镇长笑意盈盈地挑着一担炉渣铺在泥淖里。

结果，再也没人从花圃里穿过了。最后，镇长意味深长地对哈默说：“你看，关照别人就是关照自己，有什么不好?”

正所谓：爱出者爱返，福往者福来。给别人掌声，自己周围掌声四起；给别人机会，成功也会向自己走近；给别人关照，就是关照自己。

无腿的登山者

一个失去双腿的人，要去攀登世界的最高峰，登山界的任何人都认为这是不可思议的狂想。

他是一名业余登山员，他热爱登山，每眺望一座山峰时，他内心都涌动出一种征服的渴望。

1982年，他在攀登新西兰最高峰库克山时，突然遭遇暴风雪侵袭，受困冰洞达两星期之久。当救援人员赶到时，他已经奄奄一息。经过抢救，他保住了生命，但却从此失去了双腿。

没有双腿，未能终止他对登山的热爱，熬过了漫长恢复期，他戴上假肢又恢复了登山训练。从此，一座座高峰被他踩在"脚"下。2004年，当他戴着假肢登上喜马拉雅山的卓奥友峰时，他的眼睛却凝视着与他近在咫尺的世界第一高峰珠穆朗玛峰。从那一刻起，他便在心中暗暗发誓，有朝一日一定要征服珠穆朗玛峰!

一个失去双腿的人，要去攀登世界的最高峰，登山界的任何人都认为这是不可思议的狂想。因为，一个身体健康的专业登山员，冲击珠峰也是无比艰难的。他不在乎这些话。他没有一点儿悲观失望，反而是信心在随着训练与日俱增。

2006年5月，他跨过南太平洋，来到这座世界最高峰的脚下，并向它发起挑战。他的每一步，都被全世界关注着，就在世人的悲情关注中，他的妻子安娜·英格利斯突然接到他的电话。他告诉她：自己正“站”在海拔8844.43米的珠穆朗玛峰顶上。

听到他成功登顶的消息，爱好登山运动的新西兰总理海伦·克拉克打电话祝贺这位“无腿勇士”登上了世界最高的山峰，给世界登山史增添上最灿烂的一笔。

这个没有双腿的登山者叫马克·因吉利斯。马克下山后，一个记者采访时对他说：对于一个没有双腿的登山者来说，登上珠峰是无法想象的，你为什么能创造这样的奇迹。马克的回答出人意料：“一个肢体健全的登山者，在登山时总是担心身体的热量会从四肢流失掉，造成体温过低而出现生命危险。而与他们相比，越是在较高的海拔，我在肢体上的残缺越会成为‘优势’。失去双腿，就意味着我能更好地保持全身的热量，这样，我就没有后顾之忧地登到了峰顶。”

像失去双腿的马克·因吉利斯一样，每个人都存在着或多或少的缺陷，但千万不要为此而自卑，换个角度来看。这些缺陷可能正是他人无法比拟的优势。

琳达最后画的一幅画

琳达·柏提希完全献出了她自己。琳达是个杰出的教师，但她感觉，如果她有时间的话，她宁愿去创造伟大的艺术和诗篇。在她 28 岁那年，她开始有严重的头痛现象。她的医生发现，她有个巨大的脑瘤。他们告诉她，手术后存活的机会只有 2%。所以，他们没有立刻帮她开刀，先等 6 个月再说。

她知道她相当有艺术天赋。所以在这 6 个月中她狂热地画、狂热地写。除了某一篇以外，她所有的诗篇都在杂志上刊出来。她的画作也都被放在一流的艺廊中出售，除了某一幅以外。

在 6 个月结束时，她动了手术。手术前一夜，她决定完全捐献自己。她签了“我愿意”的声明，如果死了，她就捐出她身体的每一个部分给比她更需要它们的人。

不幸的是，琳达的手术夺走了她的生命。结果，她的眼睛被送到马里兰州贝瑟丝达的眼角膜银行，给南加州的一个领受者。一个年轻人，28 岁，从黑暗中见到了光明。这个年轻人深深地感恩，写信给眼角膜银行致谢。虽然已经捐出了 3 万个眼角膜，这是这个眼角膜银行所接到的第二个“谢谢你”！

进一步地，他说他要感谢捐献者的父母。孩子愿意捐出眼睛，他们也定是好人。有人把柏提希的家的住址告诉他，他于是决定飞到史代登岛去看他们。他来时并没有预先通知，按了门铃，自我介绍以后，柏提希太太过来拥抱他。她说：“年轻人，如果你没什么地方要去，我丈夫和我会很高兴与你共度周末。”

他留了下来。当他环视琳达的房间时，他看见她读过了《柏拉图》，他曾用盲人点字法读过《柏拉图》；她读了《黑格尔》，他也用盲人点字法读过《黑格尔》。

第二天早上，柏提希太太看着他说：“你知道吗？我很确定我曾在哪儿看过你，但不知道是在哪里？”忽然间她记起来了。她跑上楼，拿出琳达最后画的那幅画，它是她的理想男人画像。

画中人和接受琳达眼睛的男人十分相似。

然后，她的母亲念了琳达在她临终的床上写的最后一首诗。她写道：

两颗心在黑暗中行过，

坠入爱中，

永远无法获得彼此的目光眷顾。

假如时光可以倒流

内德·兰塞姆是法国里昂最著名的牧师，一生中一万多次走到临终者的床前，聆听临终者的忏悔。他的献身精神不知感化过多少人，无论是在富人区还是在贫民窟都享有极高的威望。

兰塞姆到了八十四岁的时候，尽管仍然很想走近需要他的人，但由于体弱多病，已经深深感到力不从心了。他躺在教堂的一间阁楼里，酝酿写一本书。以便把自己对生命、生活和死亡的认识告诉世人。他多次动笔，几易其稿，都不满意，觉得没有很好地表达出他心中想要表达的思想。

一天，一位老妇人来敲兰塞姆的门，说自己的丈夫快要不行了，临终前很想见见他。他不愿让这位远道而来的妇人和她的丈夫失望，在别人的搀扶下，还是坚持去了。

临终者是位布店老板，已七十二岁了，年轻时曾和著名音乐指挥家卡拉扬一起学吹小号。他说，他非常喜欢音乐，当时他的成绩远在卡拉扬之上，老师也非常看好他的前程。

可惜二十岁时，他迷上了赛马，结果把音乐荒废了，要不然他可能是一个相当不错的音乐家。现在生命快要结束了，一生碌碌无为，感到非常的遗憾。他告诉兰塞姆，到了另一个世界，他决不会再做这样的傻事。他请求上帝宽恕他，再给他一次学习音乐的机会。

兰塞姆很体谅他的心情，尽力安抚他，答应回去后为他祈祷，并告诉他，聆听这次忏悔使自己也很受启发。

兰塞姆回到教堂，继续写书的思路更加清晰了。他拿出自己的六十多本日记，决定把一些人的临终忏悔编成一本书。他认为，不管他如何论述对生命、生活和死亡的认识，都不如这些临终者的话能给人们以启迪。经过几年的艰苦努力，书的内容都从日记中圈出来了。他命书叫《最后的话》。

可是非常意外，在法国麦金利影印公司承印该书时，里昂发生了大地震，兰塞姆的六十多本日记全部毁于火灾。《基督教真理箴言报》非常惋惜地报道了这件事，把它称为基督教的“里昂大地震”。

兰塞姆也深感痛心，他知道凭自己的风烛残年已经不可能全部回忆出六十多本日记中的内容了，因为那一年他已九十高龄。

兰塞姆在临终前，对身边的人说，基督画像的后面有一只牛皮信封，那里面有他留给世人的“一句话”。他还语重心长地解释说：“那是从一万多临终者的忏悔中提炼出的一句话，那是从六十多本日记中提炼出的一句话，那是从九十年生命历程中提炼出的一句话，那是警示世人珍惜生命、尽可能减少临终前遗憾的一句话。”

兰塞姆去世后，葬在新圣保罗大教堂。他的墓碑上工工整整地刻下了他亲笔书写的那一句话：

“假如时光可以倒流，世上将有一半的人可以成为伟人。”

比金牌更珍贵的是友情

1936年的柏林,希特勒对12万观众宣布奥运会开始。他要借世人瞩目的奥运会,证明雅利安人种的优越。

当时田径赛的最佳选手是美国的杰西·欧文斯。但德国有一位跳远项目的王牌选手鲁兹·朗，希特勒要他击败杰西·欧文斯——黑种的杰西·欧文斯,以证明他的种族优越论——种族决定优劣。

在纳粹的报纸一致叫嚣把黑人逐出奥运会的声浪下，杰西·欧文斯参加了4个项目的角逐:100米、200米、4×100米接力和跳远。跳远是他的第一项比赛。

希特勒亲临观战。鲁兹·朗顺利进入决赛。轮到杰西·欧文斯上场,他只要跳得不比他最好成绩少过半米就可进入决赛。第一次,他逾越跳板犯规;第二次他为了保险起见从跳板后起跳,结果跳出了从未有过的坏成绩。

他一再试跑、迟疑,不敢开始最后的一跃。希特勒起身离场。

在希特勒退场的同时,一个瘦削、有着湛蓝眼睛的雅利安种德国运动员走近欧文斯,他用生硬的英语介绍自己。其实他不用自我介绍,没人不认识他——鲁兹·朗。

鲁兹·朗结结巴巴的英文和善意的笑容松弛了杰西·欧文斯全身紧绷的神经。鲁兹·朗告诉杰西·欧文斯,最重要的是取得决赛的资格。他说他去年也曾遭遇同样情形,用了一个小诀窍解决了困难。果然是个小诀窍,他取下杰西·欧文斯的毛巾放在起跳板后数英寸处，从那个地方起跳就不会偏失太多了。杰西·欧文斯照做,几乎破了奥运纪录;几天后决赛,鲁兹·朗破了世界纪录,但随后杰西·欧文斯以微弱优势胜了他。

贵宾席上的希特勒脸色铁青,看台上情绪昂扬的观众倏忽沉静。场中，鲁兹·朗跑到杰西·欧文斯站的地方，把他拉到聚集了12万德国人的看台前,举起他的手高声喊道:“杰西·欧文斯!杰西·欧文斯!杰西·欧文斯!”看台上经过一阵难挨的沉默后,忽然齐声爆发:“杰西·欧文斯!杰西·欧文斯!杰西·欧文斯!”杰西·欧文斯举起另一只手来答谢。

等观众安静下来后,他举起鲁兹·朗的手朝向天空,声嘶力竭地喊道:“鲁兹·朗!鲁兹·朗!鲁兹·朗!”全场观众也同声响应:“鲁兹·朗!鲁兹·朗!鲁兹·朗!”没有诡谲的政治,没有人种的优劣,没有金牌的得失,选手和观众都沉浸在君子之争的感动里。

杰西·欧文斯在那次奥运会上荣获4枚金牌，被誉为世界上最伟大的运动员之一。

多年后,杰西·欧文斯回忆说,是鲁兹·朗帮助他赢得4枚金牌,而且使他了解,单纯而充满关怀的人类之爱,是真正永不磨灭的运动员精神。

苏丹

苏丹以坚强的意志和无比的毅力勇敢地面对生活、面对一切她爱着和爱着她的人。

第一次见到苏丹是在一个月色朦胧的夜晚，也是我来到洪湖苏区的第一个晚上。我在田埂上散步，举目看到挂在芦苇上的圆月下，有一个小姑娘手中正挥动着一根细长的竹竿，吆喝鸭群。好一幅水乡牧归图。我正赞叹，突然，几只鸭子窜到我的脚下，我帮她赶了回去。在浅浅的月光中，我见到她微笑的面容。“太谢谢您啦!”

我淡淡一笑，因为在这种情形下，谁都会帮的。

“唉，我怎么不认识您?”她打量着我，“是省城来的老师?”

我点点头。

“啊，我们又能上课啦!”女孩兴奋得提高嗓门，惊得鸭群“呷呷”乱叫。

我被她的情绪感染，当晚我就请校长给我安排工作。第二天，我走进教室，发现有张座位空着。我一打听原来是一名叫苏丹的同学未到。晚上，我寻着她学籍卡上的地址，来到一幢低矮的农舍前，轻轻敲门。

“谁呀?推门进来吧。”屋里传出一个妇人沙哑的声音。

我推开门，一股中药味夹杂物品的霉味扑面而来。

“啊!您是老师吧，快坐。昨晚苏丹唠了您一晚。”我循着声音，看到一张破旧的躺椅上靠着一个浑身肿胀的中年妇人。

“那……今天她……”

“唉，怪我。她说到镇上卖几只鸭为我抓药。”

“妈，我回来啦!”随着一声疲惫的声音。门口闪出一个拎着大藤篮的瘦弱身影。

“是你?”我惊诧起来。

“老师。”苏丹立在我的面前，像一只受惊的小鹿。

“唉，是我拖累了她，”苏丹妈摇摇头，移动了一下身子，“这个家靠她撑着……”

“妈……”苏丹责怪道，“您又唠上了。”

“不唠，不唠。”苏丹妈扯起肿胀的面肌笑了。

回到学校，我向校长谈起此事。校长叹了一口气，用无比赞叹的口吻给我提供了一份苏丹的时间表：早上，四点起床，放鸭，做饭，给母亲喂饭，喂药，搽身子。中午、晚上重复一次。除了学习任务之外，家里的柴米油盐她都得管。这担子，怕是一个体格健壮的成年汉子也难担得起啊!

我被苏丹的事迹感动了。第二天，我出了一道作文题——《我爱我的母亲》。收回作文本，我翻开苏丹的作文，一行行秀丽的字跳入眼帘。

我母亲不是我的生母。听说我是一个被遗弃的女婴，母亲在医院门口把我抱回家，并和父亲商定再不要孩子。

在我三岁那年，父亲去世了。母亲本可再嫁，但为了我，她放弃了很多机会。现在母亲病了，照顾她，不是报恩，而是我爱她……是她用无私的爱给了我第二次生命，更使我懂得去爱人……

读着苏丹的作文，我的眼睛湿润了，我仿佛看到一棵火红的山丹花。

只剩一只眼可以眨

博迪是法国的一名记者，在 1995 年的时候，他突然心脏病发作，导致四肢瘫痪，而且丧失了说话的能力。被病魔袭击后的博迪躺在医院的病床上，头脑清醒，但是全身的器官中，只有左眼还可以活动。可是，他并没有被病魔打倒，虽然口不能言，手不能写，他还是决心把自己在病倒前就开始构思的作品完成并出版。出版商派了一个叫门迪宝的笔录员来做他的助手，每天工作六小时，给他的著述做笔录。

博迪只会眨眼，所以就只有通过眨动左眼与门迪宝来沟通，逐个字母逐个字母地向门迪宝背出他的腹稿，然后由门迪宝抄录出来。门迪宝每一次都要按顺序把法语的常用字母读出来，让博迪来选择，如果博迪眨一次眼，就说明字母是正确的。如果是眨两次，则表示字母不对。

由于博迪是靠记忆来判断词语的，因此有时就可能出现错误，有时他又要滤去记忆中多余的词语。开始时他和门迪宝并不习惯这样的沟通方式，所以中间也产生不少障碍和问题。刚开始合作时，他们两个每天用六小时默录词语。每天只能录一页，后来慢慢加到 3 页。几个月之后，他们历经艰辛终于完成这部著作。据粗略估计，为了写这本书，博迪共眨了左眼 20 多万次。这本不平凡的书有 150 页，已经出版，它的名字叫《潜水衣与蝴蝶》。

我坚信你能

1971 年 2 月 22 日，在芝加哥圣易市七十号州际公路发生了一起车祸。《华尔街日报》的西部经理麦雅西在车祸中受到重创。他的头部被撞凹陷近两厘米，生还的可能性极小。幸运的是，麦雅西挺了过来，但从胸部以下都瘫痪了，大部分身体失去了知觉，双手也几乎不能动弹。人们断言，他的余生将在轮椅上度过。

尽管一度很沮丧，但一向乐观的麦雅西很快又鼓起了生活的勇气。他决定，自己要重新站起来。接下来，他尝试过无数方法，吃了许多药物，换过不少治疗医生，但所有的努力全都没有一点效果，他的信心因此一点点崩溃。

这时，一位叫瑞佛士的心理学教授来为他治疗。他把麦雅西推到一间挂着黑板的空屋，在黑板上用粉笔写上两个大字："不能。"然后问麦雅西："你想重新站起来吗?"

麦雅西回答："想!"

"那么，你认为你能够站起来吗?"

麦雅西犹豫不决，因为他对此已没有多少信心了，但他还是迟疑地点点头。

"那你上前，把'不'字擦掉，留下'能'。"瑞佛士命令道。

麦雅西双手略动了动，抬不起来。

“如果你认为你行，你就行！上前来，把‘不’字擦掉！”瑞佛士用强硬的语气再次命令他。

奇迹出现了，麦雅西全身竟有了反应，他哆嗦着试着推动轮椅，来到黑板边，颤颤悠悠地拿起粉笔擦，一点一点擦掉了黑板上的“不”字，最后留下一个醒目的“能”！

“看啊，你能！”瑞佛士激动地说，“你做到了，从此，世上再也没有什么力量可以阻止你重新站起来。”

事实果真如此，麦雅西康复的速度快得惊人。1971年10月29日，麦雅西重新回到了工作岗位。

从当时的医疗条件来说，胸部以下都瘫痪的人是根本不可能重新站起来的，然而，麦雅西却做到了。

美国历史上最年轻的总统

他是一个一生都在与死神赛跑的人。

不满三岁，他就患了令人闻之色变的猩红热，医生断言他将活不过10天。

18岁那年，他又得上一种无法确诊的怪病，以致天主教的神父为他举行了只有病重教徒才有的临终涂油礼。

第二次世界大战时，20多岁的他参加了海军。然而1943年8月，他服役的PT鱼雷艇被敌军击沉。他虽然依靠自己的力量与勇气游了几个小时到达临近的一个荒岛，但为此脊髓受损，随时有可能瘫痪，一生都需靠注射剂与药片来减轻痛苦。

几年后，他在伦敦又染上永远不可能治愈的阿狄森氏综合症。这种病导致他身体虚弱，全身血液循环不正常，肌体失去抵抗感染的能力，生命垂危。

另外，他还有胃肠不适、不明起因的过敏症、听力下降等疾病。即便他后来成了国家最高元首，他也只能经常躺在床上，洗着热水澡，或在水温高于32摄氏度的游泳池里下达指令，因为温度太低将会诱发他的多种致命疾病。而他出行时，身边也始终离不开一位手提黑匣子的助手——黑匣子里面装的是防止他疾病突然发作以挽救生命的药物。

然而就是这个终生受尽病痛与苦难折磨的不幸者，他创造了那个时代几乎无人企及的高度。长年因病卧床的他拼命阅读了不计其数的历史与军事著作，是哈佛大学和斯坦福大学的高材生。在行政问题助手西奥多·索伦森的帮助下，他创作了《勇敢者》一书，且凭借该书问鼎了 1957 年的普利策奖。同时他又是一位卓越的社会活动家，连续三届竞选上了国会参议员，43 岁那年，他又力挫群雄，成为该国历史上最年轻的国家元首。

他就是美国第 35 任总统约翰·菲茨杰拉德·肯尼迪。

一位身患重病的小姑娘

19世纪英国著名医生布拉斯·法特在一次治疗一位身患重病的小姑娘时，使尽了浑身解数，那小姑娘的疾病仍未好转。为此，法特的内心很是焦虑。

一天，法特医生在查病房时。发现这位小姑娘正在很有兴致地阅读一份报纸上的连载小说，便开始留心观察起来。

随后几天，这小姑娘的情绪时好时坏，病情略有加重。法特医生思来想去，便找来了那份报纸，认真地读了起来。

原来报纸上的那篇连载小说描写的是一位身患重病的少女的希冀和命运，而她患的又恰好是与他的病人相同的疾病，此病在当时的医疗条件下，可算是“不治之症”了。法特立即意识到这对他的病人意味着什么。果然，随着小说女主角的病情逐渐加重，他发现他的病人的病情也趋向恶化，于是，法特医生来到了报社，找到了小说的作者，详细地询问了小说情节的发展以及女主人公的命运与归宿。根据写作计划，作家告诉他，女主人公最后将病死，而且死得很惨，令人落泪。法特医生马上请求作家改变初衷。“她还年轻，”他竭力陈述着自己的理由，“而且，这关系到两个姑娘的生命啊!”说着，法特医生又谈了自己的设想。最后，那位作家被感动了，他接受了法特的建议。

于是，小说中的女主人公勇敢地站了起来，与病魔抗争，并勇敢地活下来了；法特的病人，那位小姑娘，也奇迹般地战胜了“不治之症”，愉快地向法特医生告别了。

道路也有个性

沙伦的丈夫兰迪曾经告诉她：道路和人一样也有个性，这取决于在特定的时期你如何看待它们，感知它们。兰迪是一名运动员，体魄健壮，意志坚强。他担任中学的篮球教练，热爱自己的球队，潜心训练球员。他还是一位马拉松运动员，能一口气跑数公里而不感到疲倦。在二十五年的执教生涯中他极少生病，但是后来他突然患上了癌症。于是，沙伦和他开始了为期四年的奔波。他们行驶于家与斯坦福大学医疗中心之间，为了给兰迪做诊断、化疗、紧急救护。

去医院必须经过一些让人不堪忍受的路面——一百五十公里，两个小时。沙伦的憎恶之情与日俱增，她尤其憎恶那段拥挤不堪的瓶颈式的双车道。

兰迪从来没有抱怨过，可他的健康状况却每况愈下。沙伦别无选择，只能经过这条道，可是她对它深恶痛绝。所以，当丈夫被注射吗啡睡在车上时，她紧咬牙关，死死握着方向盘，肺都快气炸了。

有一次，他们赶赴一个约会时被堵在了道上，确信兰迪已经睡着了。沙伦低声嘟囔道："我恨这条该死的路。"

"只有六公里。"他说。

她转过身去。他的眼睛却是闭着的。

"你说什么?"沙伦问道。

“这段路只有六公里长，”他的声音很平静，好像对学生一样循循善诱，“没什么大不了的。在这六公里路程里你可以做任何事。”

沙伦看了一下计程表。他说得很对，六公里整。沙伦却一直相信它足有三十公里。

突然觉得车开起来轻松多了。

六公里是可行的、易接受的。这是他们晚上步行到海边往返的距离，是他经常背着孩子攀登的那条山路长度的一半，是到他们和孩子们玩传球游戏的那个公园的四倍距离，是他在大瑟尔国际马拉松赛上跑过的四十二公里中的一小段。六公里真的没什么，尤其是在他只有几个月的弥留时间的时候，牢骚和愤怒真是不明智的事，所以，她停止了抱怨。

在去医院的路上，大多数时间他的眼睛是闭着的，她的眼睛却是睁开着的。她开始真正用眼睛去看绿色的田野，有时在太阳下闪光，有时却消隐在浓雾之中。道路两旁摆放着成筐成筐的草莓和玫瑰。破旧的小屋倒映在布满水藻、苍翠葱郁的池塘里。一匹不能再自由驰骋的老白马羡慕地注视着大道上的汽车飞驰而去。

这些景色一直在那儿，只不过以前沙伦从未注意。兰迪教会了她如何去欣赏它们。失去一个最爱的人能让人心碎，却往往也能让人眼睛开启。

面对这条拥挤不堪、漫长而难行的路，沙伦会在心里将它分解成小段。她会把它切割成若干个六公里的路段。

手指被玻璃割伤之后

小男孩不停地哭着，他的老师已经开始有些要发疯了。原来小男孩的手指被玻璃割伤了。老师用一块手帕包在他的手指上，小男孩流了很多血。另外一个老师，立即把他们送往医院的急救室。

后来，医生打来电话，因为小男孩的手指已经断掉了。医生说，如果他们现在能够找到手指尖，迅速把它送到医院里交给他，说不定还能保全小男孩的手指。不幸的是，当医生看到那个手指尖的时候，已经晚了，恢复的可能性很低了。

小男孩躺在病床上，哭得很厉害，当老师走进来的时候，他的胸口还在剧烈地起伏着。

这位老师来到小男孩的床前，在他的耳边轻声安慰说："你知道壁虎吗?它们的尾巴断了以后，却还能长回来，所以你的手指虽然断了，但是他还能再长出来啊。"

听了老师的话，小男孩顿时兴奋起来。"真的能吗?"他问道。

"当然了，现在，闭上你的眼睛，我来教你。现在你就用心地告诉你的手指，你非常爱它，并且，在以后的工作中，你也真的非常需要它。"

小男孩的精神高度集中，看起来有几分凝重。老师耳语般地对他说："现在，就告诉它，你将来需要用它来做很多事情，告诉它你需要用它写字，告诉手指，为我长出来，我爱自己的手指，也非常需要它。"

过了一会儿，小男孩睁开了眼睛，脸上露出喜悦的笑容。老师继续说：“每当你看到它的时候，你就照着我刚才教给你的方法去做一遍。”

最后，老师又告诉他，在他的手指没有完全长好之前，他们不要把这个特殊的方法告诉别人。

几周之后，小男孩的手指已经长得很好了。一年后，小男孩的手指已经完全愈合了。它能够随意转动、弯曲。如果不是有一道像头发那么细的疤痕，根本就不会看出它曾经断过。

世界远离你

派蒂·威尔森在年幼时被诊断出患有癫痫。父亲吉姆·威尔森习惯每天晨跑。有一天,戴着牙套的派蒂兴致勃勃地对父亲说:“爸,我想每天跟你一起慢跑,但我担心病情会中途发作。”

父亲回答说:“如果你发作,我也知道怎样应付。我们明天就开始跑吧。”

于是,十几岁的派蒂就这样与跑步结下了不解之缘。和父亲一起晨跑是她一天之中最快乐的时光;跑步时,派蒂的病一次也没发作。

几个星期后的一天,她向父亲表达了自己的心愿:“爸,我想打破女子长距离跑步的世界纪录。”父亲替她查吉尼斯世界纪录,发现女子长距离跑步的最高纪录是128公里。

当时,读高一的派蒂为自己订立了一个长远的目标:“今年我要从橘县跑到旧金山(640多公里);高二时,要到达俄勒冈州的波特兰(2400多公里);高三时的目标在圣路易市(3200多公里);高四则要向白宫进发(4800多公里)。”

虽然派蒂的身体状况与他人不同,但她依旧满怀热情与理想。对她来说,癫痫只是偶尔给她带来不便的小毛病。她没有因此消极退缩,相反的,她更加珍惜自己已经拥有的。

高一时,派蒂穿着上面写有“我爱癫痫”的衬衫,一路跑到了旧金山。父亲陪她跑完了全程，母亲则开着旅行拖车尾随其后，照料父女两人。

高二时，她身后的支持者换成了班上的同学。他们拿着巨幅的海报为她加油打气，海报上写着："派蒂，跑啊!"但在这段前往波特兰的路上，她扭伤了脚踝。医生劝告她马上中止跑步："你的脚踝必须上石膏，否则会造成永久的伤害。"

她回答道："医生，跑步不是我一时的兴趣，而是我一辈子的至爱。我跑步不单是为了自己，同时也是要向所有人证明，残疾人同样可以跑马拉松。有什么方法能让我跑完这段路?"

医生表示可用黏合剂先将受损处接合，而不用上石膏；但他警告说，这样会起水泡，到时会十分疼痛。

派蒂毫不犹豫地点头答应了。

派蒂终于来到波特兰，俄勒冈州州长还陪她跑完最后一英里。一面写着红字的横幅早在终点等着她："超级长跑女将，派蒂·威尔森在 17 岁生日这天创造了辉煌的纪录。"

高中的最后一年，派蒂花了四个月的时间，由西岸长征到东岸，最后抵达华盛顿，并接受总统召见，前后花了四个月的时间，她告诉总统："我想让人们明白，癫痫患者与一般人无异，也能过正常的生活。"

以最美的微笑面对你

每一个孩子都是落入凡间的天使。

很久很久以前，有一个小男孩非常自卑，因为他背上有两道明显的伤痕，从他的颈部一直伸到腰部，上面布满了扭曲的肌肉。所以，这个小男孩非常讨厌自己。非常害怕换衣服，尤其是上体育课。当其他同学都很高兴地脱下又黏又不舒服的校服，换上轻松的裤头和背心时，小男孩只会一个人偷偷地躲在角落里，用背部紧贴住墙壁，用最快的速度换上衣服，生怕别人发现他有这么可怕的缺陷。

可是，时间长了，他背上的疤痕还是被同学们发现了。“好可怕呀!”“你是怪物!”“你背上好恐怖!”天真的同学们无心的话语最伤人。小男孩哭着跑出教室，从此再也不敢在教室里换衣服，再也不上体育课了。

这件事发生以后，小男孩的妈妈特意牵着他的手找到班主任。小男孩的班主任是一位很慈祥的女教师，她仔细听着妈妈说起小男孩的故事：

“这孩子刚出生时就得了重病，当时本来想要放弃的，可是又不忍心，这么可爱的小生命，我们怎么可以轻而易举地把他丢掉呢?”妈妈眼睛不觉就红了，“所以，我跟丈夫决定把孩子救活，幸好当时有位很高明的大夫，愿意尝试用手术的方法来抢救这孩子的生命。经过好几次手术，好不容易把他的命保下来了，可他背部却留下了两道清晰的疤痕，也曾是他与生命抗争的证明。”

第二天上体育课的时候，小男孩在角落里怯生生地脱下了他的上衣，这时，所有的小朋友又露出了诧异和厌恶的声音："好恶心呀!""他的背上生了两只大虫。"小男孩的双眼禁不住湿润了，泪水不听话地流了下来。

就在这个时候，老师出其不意地出现了，几个同学马上跑到老师身边，比划着小男孩的背。

老师慢慢走向小男孩，然后露出诧异的表情。"老师以前听过一个故事，好想现在就讲给你们听啊!"同学们最爱听故事了，连忙围了过来。

老师指着小男孩背上那两条明显的伤疤，绘声绘色地说道："这是一个传说，每个小朋友都是天上的小天使变的。有的天使变成小孩时，很快就把他们美丽的翅膀脱了下来；有的小天使动作比较慢，来不及脱下他的翅膀!这个时候，那个天使变成的小孩子，就会在背上留下两道伤疤。"

"那这就是天使的翅膀呀！"同学们指着小男孩的背部纷纷发出惊叹。

"对呀!"老师的脸上露出神秘的微笑。

小男孩呆呆地站着，原本流泪的双眼此时此刻停止了流泪。

忽然，一个小女孩天真地说："我们可不可以抚摸一下天使的翅膀?"

"这要问问小天使肯不肯啊。"老师微笑着向小男孩眨了眨眼睛。

小男孩鼓起勇气，羞怯地说："好!"

女孩轻轻地抚摸了他背上的伤疤，很高兴地叫了起来："啊，好棒!我摸到天使的翅膀了!"女孩这么一喊，所有的小朋友都拼命地跟着喊："我也要摸摸小天使的翅膀!"

后来，小男孩渐渐长大，他深深地感谢这位让他重振信心的老师。高中时他还参加全市的游泳比赛，得了亚军。他勇敢地选择了游泳，是因为他拥有自信，他背上的那两道伤疤，是被老师的爱心所祝福的"天使翅膀"。

再试一次

一次火灾，一个小男孩被大火烧成重伤，下半身失去知觉。出院后，妈妈经常用轮椅推着他到院子里走一走。

有一天，妈妈推着他到院子里呼吸新鲜空气，有事离开了。迷人的景色让他的心从沉睡中醒来，我一定要站起来。他奋力推开轮椅，用双肘在草地上匍匐前进，爬到篱笆墙边，努力抓着墙站起来，拉住篱笆墙练习行走。

一天天过去了，他的双腿始终软弱地垂着没有任何知觉。可他不甘心轮椅上的生活，他紧握拳头告诉自己。未来的日子里，一定要靠自己的双腿来行走。终于，在一个清晨，当他再次拖着无力的双腿紧拉着篱笆行走时，一阵钻心的疼痛从下肢传了过来。他惊呆了，自从烧伤后，他的下半身再也没有过任何知觉。他怀疑是自己的错觉，又试着走了两步，那种疼痛又一次清晰地传了过来。在他不懈的锻炼下，他的下肢已开始恢复知觉了。

自那以后，他的身体恢复得很快，终于有一天，他竟然在院子里跑了起来。自此，他的生活与正常的男孩子并无两样，到他读大学时，还被选进了田径队。

他，就是葛林·康汉宁博士。他曾经跑出过全世界最好的成绩。

从残疾到权威

罗伯特·巴拉尼出生于奥匈帝国首都维也纳，父母都是犹太人。他家庭不太宽裕，从小又患有结核病，由于长期得不到根治，最终他的膝关节永久性僵硬了。父母为自己的儿子伤心，巴拉尼当然也很痛苦。但懂事的巴拉尼，尽管年纪才七八岁，却把自己的痛苦隐藏起来，对父母说："你们不要为我伤心，我完全能取得一个健康人的成就。"父母听到儿子这番话，悲喜交集，抱着他不知该说些什么，只是以泪洗面。

巴拉尼从此狠下一条心，埋头苦读。父母交替着每天接送他到学校，数十年如一日，风雨无阻。巴拉尼没有辜负父母的心血，也没有忘掉自己的誓言，读小学、中学时成绩一直保持优异，在同级学生中名列前茅。

巴拉尼 18 岁进入维也纳大学医学院学习，1900 年获得了博士学位。大学毕业后，巴拉尼留在维也纳大学耳科诊所工作，当一名实习医生。由于巴拉尼工作很努力，在该大学医院工作的著名医生亚当·波利兹对他很赏识，对他的工作和研究给予热情的指导。巴拉尼对眼球震颤现象进行了深入研究和探索，经过三年努力，于 1905 年 5 月发表了题为《热眼球震颤的观察》的研究论文。这篇论文的发表，引起了医学界的关注，标志着耳科"热检验"法的产生。巴拉尼继续深入钻研，通过实验证明内耳前庭器与小脑有关，从此奠定了耳科生理学的基础。

1909 年，著名耳科医生亚当·波利兹病重，他主持的耳科研究所的事务以及在维也纳大学担任耳科医学教学的任务，全部交给了巴拉尼。繁重的工作担子压在巴拉尼肩上，他不畏劳苦，除了出色地完成这些工作外，还继续对自己的专业进行深入研究。1910 年至 1912 年间，他的科研硕果累累，先后发表了《半规管的生理学与病理学》和《前庭器的机能试验》两本著作。由于他的工作和科研有突破性的贡献，奥地利皇家授予他爵位。1914 年，他又获得诺贝尔生理学及医学奖。

巴拉尼一生发表科研论文 184 篇，治疗好许多耳科绝症。他的成就卓著，当今医学上探测前庭疾患的试验和检查小脑活动及其与平衡障碍有关的试验，都是以他的姓氏命名的。

生命时钟

朋友的父亲病危，朋友从外地给我打来电话，让我帮他。

我明白他的意思，他让我帮忙只是想给自己一个安慰，即使他以最快的速度飞回来，也要四个小时，四个小时后，他的父亲也许就不在人世了。

赶到医院时，见到朋友的父亲浑身插满管子，正急促地呼吸着。床前，围满了悲伤的亲人，那时朋友的父亲狂躁不安，双眼紧闭着，双手胡乱地抓。我听到他含糊不清地叫着朋友的名字。

每个人都在看我，目光中充满着无奈的期待。我走过去，轻轻抓起他的手，我说："是我，我回来了。"

朋友的父亲立刻安静下来，面部表情也变得安详。但仅仅过了一会儿，他又一次变得狂躁不安，他松开我的手，继续胡乱地抓着。

我知道，我骗不了他。没有人比他更了解自己的儿子。

于是我告诉他，他的儿子现在还在外地，但四个小时后，肯定可以赶回来。我对朋友的父亲说："我保证。"

朋友的父亲又一次安静下来，然后他的头，努力向一个方向歪着，一只手急切地举起。

我注意到，那个方向的墙上，挂了一个时钟。

我对朋友的父亲说："现在是一点十分。五点十分时，您的儿子将会赶来。"

朋友的父亲放下了手，我看到他长舒了一口气，尽管他双眼紧闭，但我仿佛可以感觉到他期待的目光。

每隔十分钟，我就会抓着他的手，跟他报一下时间，四个小时被每一个十分钟整齐地分割。有时我握他手时明明感觉他已经离去，但却被一个个十分钟生生地唤回。

朋友终于赶到了医院，他抓着父亲的手，他说："是我，我回来了。"我看到朋友的父亲从紧闭的双眼里流出两滴满足的眼泪，然后，静静地离去。

朋友的父亲，为了等待他的儿子，为了听听他的儿子的声音，挺过了他生命中最后的也是最漫长的四个小时。每人看了这一幕都说，不可思议。

假如他的儿子在五小时后才能赶回，那么，他能否继续挺过一个小时？我想，会的。生命的最后一刻，亲情让他不忍离去。

“蝴蝶总理”破茧成蝶

加拿大第一位连任两届总理的让·克雷蒂安小的时候，说话口吃，曾因疾病导致左脸局部麻痹，嘴角畸形，讲话时嘴巴总是向一边歪，而且还有一只耳朵失聪。

听一位有名的医学专家说，嘴里含着小石子讲话可以矫正口吃，克雷蒂安就整日在嘴里含着一块小石子练习讲话，以致嘴巴和舌头都被石子磨烂了。母亲看后心疼得直流眼泪，她抱着儿子说：“克雷蒂安，不要练了，妈妈会一辈子陪着你。”克雷蒂安一边替妈妈擦着眼泪，一边坚强地说：“妈妈，听说每一只漂亮的蝴蝶都是自己冲破束缚它的茧之后才变成的。我一定要讲好话，做一只漂亮的蝴蝶。”

功夫不负有心人，经过长久的磨炼，克雷蒂安终于能够流利地讲话了。他勤奋善良，中学毕业时，他不仅取得了优异的成绩，而且还获得了极好的人缘。

1993 年 10 月，克雷蒂安参加全国总理大选时，他的对手大力攻击、嘲笑他的脸部缺陷，对手曾极不道德、带有人格侮辱地说：“你们要这样的人来当你们的总理吗?”然而，对手的这种恶意攻击却招致大部分选民的愤怒和谴责。当人们知道克雷蒂安的成长经历后，都给予他极大的同情和尊敬。在竞争演说中，克雷蒂安诚恳地对选民说：“我要带领国家和人民成为一只美丽的蝴蝶。”最后他以极高的票数当选为加拿大总理，并在 1997 年成功地获得连任，被加拿大人民亲切地称为“蝴蝶总理”。

人不是完美的生灵，有的是身体的缺陷，有的则是心灵的残疾。

最后的歌声

在伦敦儿童医院这间小小的病室里，住着我的儿子艾德里安和其他6个孩子。艾德里安最小，只有4岁，最大的是12岁的弗雷迪，其次是卡罗琳、伊丽莎白、约瑟夫、赫米尔、米丽雅姆·莎丽。

这些小病人，除了10岁的伊丽莎白，他们都是白血病的牺牲品，他们活不了多久了。伊丽莎白天真可爱，有一双蓝色的大眼睛，一头闪闪发亮的金发。人们都很喜欢她，同时，又对她满怀真挚的同情。原来伊丽莎白的耳朵后面做了一次复杂的手术，再过大约一个月，听力就会完全消失，再也听不见声音了。伊丽莎白热爱音乐，热爱唱歌，她的歌声甜美舒缓、婉转动听，显示出在音乐上的超常天赋，而这些将令她失去听力的前景让人为她深感惋惜。不过，在同伴们面前，她从不唉声叹气，只是偶尔地、当她以为没人看见她时，沉默的泪水才会渐渐地充满她的眼眶，缓缓流过她苍白的脸蛋。

伊丽莎白热爱音乐胜过一切。她是那么喜欢听人唱歌，就像喜欢自己演唱一样。那段时间，每当我去看望儿子时，她总是示意我去儿童游戏室。经过一天的活动，空荡荡的游戏室显得格外安静。伊丽莎白坐在一张宽大的椅子上，紧紧拉着我的手，声音颤抖地恳求："给我唱首歌吧!"

我怎么忍心拒绝这样的请求呢?我们面对面坐着，她能够看见我嘴唇的开合，我尽可能准确地唱上两首歌。她着迷似地听着，脸上透着专注喜悦的神情。我唱完，她就在我的额头上亲吻一下，表示感谢。

小伙伴们也为伊丽莎白的境况深感不安,他们决定要做一些事情使她快乐。在12岁的弗雷迪倡议下,孩子们做出了一个决定,并带着这个决定去见他们认识的朋友柯尔比护士阿姨。

最初,柯尔比护士听了他们的打算吃了一惊:"你们想为伊丽莎白的11岁生日举行一次音乐会?而且只有三周时间准备!你们是发疯了吗?"这时,她看见了孩子们渴望的神情,不由得被感动了,便想了想,补充道:"你们真是全疯啦!不过,让我来帮助你们吧!"

柯尔比护士一下班就乘出租车去了一所音乐学校,拜访她的老朋友玛丽·约瑟芬修女,她是音乐和唱诗班的教师。在柯尔比含泪的叙说中,玛丽·约瑟芬马上答应了她的请求:每天免费教孩子们唱歌。这一切当然是在伊丽莎白接受治疗的时候。

在玛丽·约瑟芬修女娴熟的指导下,孩子们唱歌进步神速。然而每当其他孩子全都安排在各自唱歌的位置上时,玛丽注意到动过手术、再也不能使用声带的约瑟夫却总是神色悲哀地望着她,这令她十分心酸。终于有一天,玛丽说:"约瑟夫,你过来,坐在我的身边,我弹钢琴,你翻乐谱,好吗?"一阵惊愕的沉默之后,约瑟夫的两眼炯炯发光,随即喜悦的泪水夺眶而出。他迅速在纸上写下一行字:"修女阿姨,我不会识谱。"

玛丽低下头微笑地看着这个失望的小男孩,向他保证:"约瑟夫,不要担心,你一定能识谱的。"

真是不可思议,仅仅三周时间。玛丽修女和柯尔比护士就把6个快要死去的孩子组成了一个优秀的合唱队,尽管他们中没有一个人具有出色的音乐才能,就连那个既不能唱歌也不能说话的小男孩也变成了一个信心十足的翻乐谱者。

同样出色的是,这个秘密保守得也十分成功。在伊丽莎白生日的这天下午,当她被领进医院的小教堂里,坐在一个"宝座"(手摇车)上时,她的惊奇显而易见。激动使她苍白、漂亮的面庞涨得绯红,她身体前倾,一动不动,聚精会神地听着。

尽管所有听众——伊丽莎白、10 位父母和 3 位护士——坐在仅离舞台 3 米远的地方，我们仍然难以清晰地看见每个孩子的面孔，因为泪水模糊了我们的眼睛。但是，我们仍能毫不费力地听见他们的歌唱。在演出开始前，玛丽告诉孩子们："你们知道，伊丽莎白的听力已是非常非常的微弱，因此，你们必须尽力大声地唱。"

音乐会获得了成功，伊丽莎白欣喜若狂，一阵浓浓的、娇媚的红晕飘荡在她苍白的小脸上，眼里闪耀出奇异的光彩。她大声说，这是她最最快乐、最最快乐的生日!合唱队十分自豪地欢呼起来，乐得又蹦又跳的约瑟夫眉飞色舞、喜悦异常。而这时候，我们这些女人流的眼泪更多。

谁都知道，患不治之症快要死去的孩子们，他们忍受病痛、同死神决斗的信念和他们势不可挡的勇气，使我们这些人的心都快要碎了。

这次最令人难忘、最值得纪念的音乐会，没有打印节目表，然而，我有生以来从没有听过比这更动人心弦的音乐。即使到了今天，倘若我闭上眼睛，仍能够听见那一个个震颤人心的音符。

如今，幼稚的歌喉已经静默多年、合唱队的成员正在地下安睡长眠。但我敢保证，那个已经结婚、有了一个金发碧眼女儿的伊丽莎白，在她记忆的耳朵里，仍然能够听见那幼稚的声音、欢乐的声音、生命的声音、给人力量的声音，因为那是她此生曾经听见过的最后最美的声音啊!

“鬼才”史蒂芬·霍金

如果有人告诉我们，一个中枢神经残废，肌肉严重萎缩，失去了行动能力，手不能写字，话也讲不清楚，终身要靠轮椅生活的青年，凭借一个小书架，一块小黑板，还有一个他以前的学生做助手，竟然在天文学的尖端领域——黑洞爆炸理论的研究中，通过对“黑洞”临界线特异性的分析，获得了震动天文界的重大成就，对此，你一定会感到不可思议。然而，这却是不容置疑的事实，他还为此荣获了1980年度的爱因斯坦奖。

他的名字叫史蒂芬·霍金，英国人，当时只有35岁。更有趣的是，作为天文学家，他没有天文望远镜，却能告诉我们有关天体运动的许多秘密。他每天被推送到剑桥大学的工作室里，干着他饶有兴趣的研究工作。

奇人霍金的研究方式和研究手段，以及他因此而获得的辉煌成就，说明世间还有另一类“鬼才”，即由于残疾之类不幸的折磨和求生意愿的炽烈而激发的特殊洞察力或特异才能。他们是一种聪明人。他们知道，只要人的精华——思维着的大脑依然蓬勃地工作着，就有无可限量的人生希望和创造潜力，就不存在不能克服的困难。

霍金赢得了科学界公认的理论物理学研究的最高荣誉，他被认为是迄今为止在理论物理学界唯一能与爱因斯坦相媲美的伟大物理学家。就是体魄健全、研究工作条件一流的理论物理学的研究工作者们，又能有几个获得这样的殊荣？

不能停歇的梦想

在每个人成长的道路上，都会遇到各种各样的不幸，当不幸的打击降临的时候，如果你不能正确地认识它，即使你再有天赋和才华，也只能像流水一样空度一生。然而，对于一个既有才华而又善于选择的人，正像画家梵·高所说的："有时不幸对那些有才华的人来说，是一种十分难得的推动力。"英国剑桥郡的伊芙琳·格兰妮，就是在不幸中通过刻苦的奋斗而成才的世界上第一位打击乐独奏家。

伊芙琳·格兰妮生长在苏格兰东北部的一个农场，从8岁时她就开始学习钢琴，并渐渐地显露出了她在这方面的天赋。

随着年龄的增长，她对音乐的热情与日俱增，并选择了音乐作为自己一生的追求。

但不幸的是，她的听力却在渐渐地下降。医生们断定这是由于难以康复的神经损伤造成的，而且断定到12岁，她将彻底耳聋。

尽管这样，她对音乐的热爱却从未停止过。

她的理想是成为打击乐独奏家，虽然当时并没有这样一类音乐家。

为了演奏，她学会了用不同的方法"聆听"其他人演奏的音乐。她只穿着长袜演奏，这样她就能通过她的身体和想象感觉到每个音符的振动，她几乎用她所有的感官来感受着整个声音世界。

她决心成为一名音乐家，于是她向著名的皇家音乐学院提出了申请。

因为以前从来没有一个耳聋的学生提出过申请，所以，老师反对接收她入学。但是她的演奏征服了所有的老师，她顺利地入了学，并在毕业时荣获了学院的最高荣誉奖。

从那以后，她的目标就是成为第一位专职的打击乐独奏家。她为打击乐独奏谱写和改编了很多乐章，因为那时几乎没有专为打击乐而谱写的乐谱。

她很早就下了决心，不会仅仅由于耳聋而放弃追求，因为医生的诊断并不意味着她的热情和信心不会有结果。至今，她成为独奏家已经有十几年的时间了。

你是我心目中的英雄

迈克出生时,大夫告诉他母亲:“趁现在还来得及,最好还是舍弃这个孩子吧。”父母没有那么做,但家里却为此吃尽了苦头。快3岁时,他才摇摇晃晃地会走第一步。那个冬天,他的两个哥哥带他坐在一面大镜子前,手点着他的鼻子问他:“这是什么?”他回答是嘴巴。更为不幸的是,包括他父母亲在内,没几个人能听懂他说的话。

5岁那年,他被送往“肯尼迪儿童中心”学习。在那儿,他终于有了长足的进步。

7岁时的一个下午,他翻出一本旧相册,里面有他的两个哥哥幼年时在电视广告中的剧照。他一下给迷住了,痴痴地一再嚷道:“我要……我也要上电视!”他的父亲摇了摇头劝道:“我实在看不出有这种可能性!”

迈克却没忘记他的梦。一有空,他便一遍遍地借助着录像带练习唱歌和跳舞。5年后他终于迎来了一个机会,他在学校的圣诞晚会上扮演一个牧羊人,唯一的一句台词是:“嗨,真有意思!”为这句话,他反复练习了十多天,连在梦中也念叨不已。演出的那天,观众席上的一位来自好莱坞的导演听说了这件事。

又过了10年,这位好莱坞导演准备推出一部肥皂剧的时候,发现还少个跑龙套的角色。他抓起电话:“嗨,小伙子,对好莱坞还有兴趣吗?”“好莱坞?太棒了,要知道我没有一天不想它的!”迈克热情洋溢地回答。

于是,22 岁那年,迈克第一次来到好莱坞,和那些大明星在一起,他感到无比高兴和激动,说话也变得流畅自然了。电视剧原定于 1988 年 9 月播出,然而全美电视网联播公司拒绝购买播映权。迈克的梦破灭了,他又回到原先工作的单位。一年之后,他已有了令人羡慕的固定的薪水。他的家人和一些朋友都为之欣慰,他们一再对他说:"你必须忘掉那些关于好莱坞的陈词滥调,那扇门不会再向你打开的!"

但迈克深信,门会开的,好莱坞也没忘记他。不少人都说:"让这个执着的小伙子离开银幕太可惜了,何不再安排一次机会让他碰碰运气呢?"

于是,一个编剧特意为他写了一部家庭伦理片。剧中父子两人——儿子像迈克一样,患有先天性残疾——相依为命,共度艰难人生。

正式开拍那天,迈克站在摄影机前,感慨万分,泪流满面。他想起了自己坎坷不平的人生道路,想起了父母过早花白的头发,想起了无数帮助过自己的认识的和不认识的朋友,更想起了那些身患疾病孤苦无助的同龄人。他泣不成声地对"父亲"说道:"天真黑!爸爸,拉我一把。你的手会给我温暖和勇气。让我们手拉手,共同走过这条人生泥泞的短暂的隧道……"

迈克成功了。

所有的评论都说:"这部影片可能不是最出色的,但肯定是最感人的。"一夜间,迈克成了人们的偶像,信件铺天盖地般涌来。一个中学生来信说:"我今年 16 岁,和你一样,我也患有严重的残疾。你是我心中的英雄。"

"我也不是英雄,"迈克告诉他,"我只是没有放弃自己的梦想。也许,生活也因此一天天地变得更美好。"

无臂蛙王

蔡耀星，台湾花莲泰雅族人，因家境贫穷，国小毕业即当了学徒。16岁时，他在工作中误触高压电，伤势非常严重，好几家医院都拒收，医生都摇头说“没救了”。后来他辗转进入了一家医院，才从死神手中抢回一条命，但是他双手全被截去，这注定他往后一辈子都是“无臂残障者”。

由四肢健全，一下子变成“无臂人”，真是晴天霹雳啊!然而祸不单行，父亲车祸过世，母亲改嫁，妹妹也远嫁，他一人独居多年，但“生命还是要活下去啊”!

没有手，怎么穿衣服?他学会用嘴巴、用脚指头，慢慢将衣服套上!

穿裤子呢?他利用树木分杈出的枝杈来钩住裤子，以方便他顺势起身，将裤子套上……

所以，在他家中，姐姐、姐夫为他钉了好多钉子及其他“暗器”，来协助他完成每一件事情。

别人都是“双手万能”，可是，他却是“双脚万能”，凡是洗头、洗脸，刷牙、写字、拿书、拿电话、梳头……全都靠双脚来完成!连洗米、煮饭、切菜、切肉，也都用双脚来操作，一“脚”的好功夫，真是已经“神乎其技”了。

而今天的成就，却是十年来，他辛酸走来的血与泪啊!

“我相信‘意念的力量’，我要坚定目标!虽然以前我靠养鸡鸭、捡蜗牛为生，但我还是天天训练体力，在水中游、在路上走、在沙滩上跑，我不管别人是怎么看我，但我要为自己而活!希望有一天，我还能参加残疾人奥运会，这是我最大的梦想!”蔡耀星看着来访的记者，眼中也闪耀着期盼与梦想!

而这番豪言壮语，蔡耀星并不是随便说说而已，因为，无师自通的他，早已在前些年参加台湾区运会，成为蛙泳 50 米、100 米，仰泳 50 米的金牌得主;近几年又获得蛙泳、仰泳等多项金牌，被好多人敬称为“无臂蛙王”。

取得各种成就的蔡耀星一直有着接受教育的梦想。后来，在花莲县教育局陈素英老师的协助下，蔡耀星进入花岗国中就读夜校。每天，他都坚持上学，风雨无阻，用脚打计算机、用脚捧书、用脚写考卷，也用脚挺住自己多舛的人生。而在多场的学校演讲中，蔡耀星告诉年轻学子们:“人生充满希望，去做就对了!”“每天愁眉苦脸也是一天，还不如快快乐乐地过每一天!”

蔡耀星的命运是悲惨的，但他却将生命中一副极差的牌，打得令人刮目相看!这样“用脚改写人生、游出生命金牌”的无臂蛙王，岂不教人又敬又佩?“不要看失去什么，只看还拥有什么!”蔡耀星的这句话，值得我们每一个肢体健全的人去深思。

成功离你有多远

1987年3月30日晚上,洛杉矶音乐中心的钱德勒大厅内灯火辉煌,座无虚席,人们期盼已久的第五十九届奥斯卡金像奖的颁奖仪式正在这里举行。在热情洋溢、激动人心的气氛中,仪式一步步地接近高潮——高潮终于来到了。主持人宣布:玛莉·马特琳在《小上帝的孩子》中有出色的表演,获得最佳女主角奖。全场立刻爆发出经久不息的雷鸣般的掌声。

手里拿着小金人的玛莉·马特琳激动不已。她似乎有很多很多话要说,可是人们没有看到她的嘴动,她又把手举了起来,可不是那种向人们挥手致意的姿势,眼尖的人已经看出她是在向观众打手语,她的意思是:说心里话,我没有准备发言。此时此刻,我要感谢电影艺术科学院,感谢全体剧组同事……

原来, 这个奥斯卡金像奖颁奖以来最年轻的最佳女主角奖获得者,竟是一个不会说话的哑女。

玛莉·马特琳不仅是一个哑巴,还是一个聋子。

玛莉·马特琳出生时是一个正常的孩子。但她在出生18个月后,被一次高烧夺去了听力和说话的能力。

这位聋哑女对生活充满了激情。她从小就喜欢表演。八岁时加入伊利诺伊州的聋哑儿童剧院,九岁时就在《昂斯魔术师》中扮演多萝西。但十六岁那年,玛莉被迫离开了儿童剧院。所幸的是,她还能时常被邀请用手语表演一些聋哑角色。正是这些表演，使玛莉认识到了自己生命的价值，克服了失望心理。她利用这些演出机会，不断锻炼自己，提高演技。

1985年，十九岁的玛莉参加了舞台剧《小上帝的孩子》的演出。她饰演的是一个次要角色。可就是这次演出，使玛莉走上了银幕。

女导演兰达·海恩丝决定将《小上帝的孩子》拍成电影。可是为物色女主角——萨拉的扮演者，导演大费周折。她用了半年时间先后在美国、英国、加拿大和瑞典寻找，但竟然都没找到中意的。于是她又回到了美国，观看舞台剧《小上帝的孩子》的录像。她发现了玛莉高超的演技，决定立即让玛莉担任影片的女主角，饰演萨拉。玛莉扮演的萨拉，在全片中没有一句台词，全靠极富特色的眼神、表情和动作，揭示主人公矛盾复杂的内心世界——自卑和不屈、喜悦和沮丧、孤独和多情、消沉和奋斗。玛莉十分珍惜这次机会，她勤奋、严谨，认真对待每一个镜头，用自己的心去拍，因此表演得惟妙惟肖，让人拍案叫绝。

就这样，玛莉·马特琳成功了。她成为美国电影史上第一个聋哑影后。正如她自己所写的："我的成功，对每个人，不管是正常人，还是残疾人，都是一种激励。"

生命还在，希望还在

1973年12月，肯尼出生在美国宾夕法尼亚州拉昆村。当母亲看到婴儿只有半截身体时，哭得死去活来。做父亲的比较冷静，再三安慰妻子："我们要面对现实，不要绝望，生命还在，希望还在。"

肯尼一岁半的时候做了两次手术，腰以下的神经无法恢复，连坐都成了问题。医生却劝肯尼的母亲：凡事要尽量靠他自己的意志和能力去做。母亲接受了医生的忠告，尽量让肯尼料理自己的事情。数月后，肯尼竟奇迹般地坐了起来。不久，他开始尝试用双手走路。

肯尼开始上学了，每天都要装上重达6公斤的假肢和一截假胴体。坐着轮椅上厕所很不方便，每次都有同学帮助他。在这样的环境熏陶下，加上几位老师的爱护，使肯尼的心灵得到极大的净化。他爱生命，爱身边的每一个人。

肯尼是个摄影迷，一有空，他就挂上相机，摇着轮椅到附近的公园去。他一边给人拍照，一边说："你的眼睛真漂亮，等洗出来我要挂在房间里做装饰。"说得姑娘们喜滋滋的。他帮妈妈买东西，有时也替邻居洗车、剪草。这对一个没有下肢的人来说，要有多大的毅力啊！

如今，肯尼已经是加拿大的小影星了，他成功地主演了影片《小兄弟》。他对记者说："我在生活中没有困难，遇到困难就和大家一样，找出方法解决。"

小镇上，几乎每个人都迷恋着肯尼。有个老太太每天都站在门口，就是为了多看他一眼。

为什么人们都迷恋只有半截身体的少年肯尼呢?

肯尼的邻居乔安说:“每个人都有烦恼，但是只要看到肯尼，就会觉得自己的烦恼是何等的渺小。”

还有一位邻居说:“我们热爱肯尼，因为有了他，我们提高了战胜困难的勇气。我们要像肯尼那样，对生活充满自信!”

他依然是超人

当年，克利斯朵夫·李维，是以主演美国大片《超人》而蜚声国际影坛的。然而，1995年5月，正当他在好莱坞红极一时、风光无限之时，一场飞来的横祸改变了他的人生。

原来，在一场激烈的马术比赛中，他意外坠落马下，顿时眼前一片黑暗。几乎是转眼之间，这位世人心目中的“超人”和“硬汉”形象化身的他，就从此成了一个永远只能固定在轮椅上的高位截瘫者。当他从昏迷中苏醒过来，对家人说出的第一句话就是：“让我早日解脱吧。”

出院后，为了让他散散心，平息他肉体和精神的伤痛，家人推着轮椅上的他外出旅行。

有一次，小车正穿行在落基山脉蜿蜒曲折的盘山公路上。克利斯朵夫·李维静静地望着窗外，发现每当车子即将行驶到无路的关头，路边都会出现一块交通指示牌，“前方转弯!”或“注意!急转弯”的警示文字赫然在目。而拐过每一道弯之后，前方照例又是一片柳暗花明、豁然开朗。

山路弯弯，峰回路转，“前方转弯”几个大字一次次地冲击着他的眼球，也渐渐叩醒了他的心扉：原来，不是路已到了尽头，而是该转弯了。他恍然大悟，冲着妻子大喊一声：“我要回去，我还有路要走。”

从此，他以轮椅代步，当起了导演。他首次执导的影片就荣获了金球奖；他还用牙关紧咬着笔，开始了艰难的写作，他的第一部书《依然是我》一问世，就进入了畅销书的排行榜，与此同时，他创立了一所瘫痪病人教育资源中心，并当选为全身瘫痪协会理事长。

他还四处奔走，举办演讲会，为残障人的福利事业筹募善款，成了一个著名的社会活动家。

前不久，美国《时代周刊》以《十年来，他依然是超人》为题报道了克利斯朵夫·李维的事迹。在这篇文章中，他回顾自己的心路历程时说："以前，我一直以为自己只能做一位演员，没想到今生我还能做导演、当作家，并成了一名慈善大使。原来，不幸降临的时候，并不是路已到了尽头，而是在提醒你——你该转弯了。"

"超人"克利斯朵夫虽然已离开了我们，但他良好的心态，绝不向命运屈服的坚毅和顽强，使人们永远地记住了他的名字。